KB076106

완벽한 생애

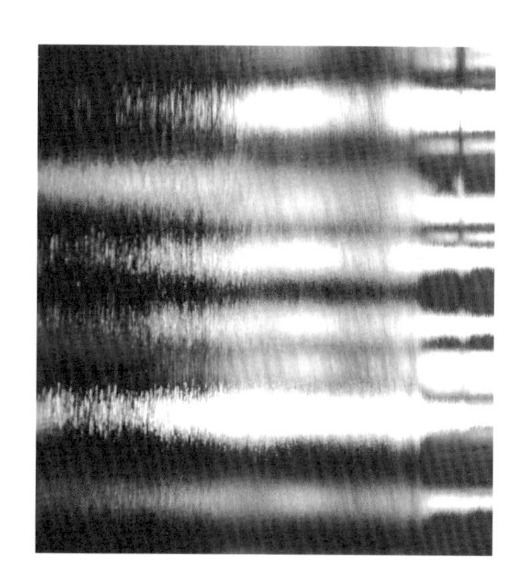

완벽한 생애

조해진 소설

차례

1부

2020년 1월과 2월

윤주

착륙을 준비한다는 기장의 목소리에 윤주는 눈을 떴다. 비행기 창문 너머로는 그새 어두워진 대기가 펼쳐져 있었다. 탑승 전 공항의 전면 유리창 앞에 선 채, 비행기의 날개 끝이라든지 짐차의 바퀴, 관제탑의 레이더 같은 곳에서 잠깐씩 반짝이던 겨울 햇빛을 번갈아 건너다봤던 게 꿈결처럼 떠올랐다. 유리창에 남아 있던 얼음 조각은 마치 햇빛이 그 내부에서 점등된 듯 환하게 투명했다는 것도. 비행기에 탑승해 있는 동안 눈에는 보이지 않는 명암경계선을 지나온 것만 같다고, 윤주는 생각했다. 비행기가 명암경계선을 넘으면서, 그러니까 시간이 흘러서가 아니라 공간이 이동하면서 이렇게 어두운 대기의 영역 안으로 입장하게 된 거라고. 이런 식의 비생산적인 생각이 윤주는 좋았다. 방송국에서 구성작가로 일한 지난 삼년여 동안 윤주에게 생각은 원고를 중심으로 회전하고 부풀려지다가 형태를 갖춰가는, 일종의 유용한 그릇 같은 것이었다. 극장에서 영화를 보다가도, 책과 잡지와 신문을 읽으면서도, 혹은 버스나 커피숍에 앉아 사람들을 구경하다가도 원고에 담을 만한 내용이 포착되면 그것을 그대로 장면화하여 생각의 그물 속으로 밀어넣는 식이었다. 장면들은 완성된 그릇의 형태로 머릿속을 떠돌다가 원고에 활용될 가치가 없다고 판단되면 바로 버려졌고 그뒤엔 좀처럼 소환되지 않았다. 원고에 쓸 만한지 그렇지 않은지, 윤주는 늘 이 기준으로 순간의 자극들에 집중하곤 했다.

비행기가 고도를 낮추면서 지상의 불빛들이 좀더 선명하게 보이기 시작했다. 적어도 한 사람 이상의 구체적인 일상을 비추고 있을 불빛이었다. 높은 곳에서 내려다본 불빛은 전기와는 관련 없는 신비로운 물질처럼 보였는데, 거인이 실수로 떨어뜨린 구슬이랄지 일몰 이후에만 열리는 땅의 입술 같은 것을 상상하니 윤주는 기분이 좋아졌다. 그러고 보니 비행기 안에서 야경을 내려다보는 건 처음이었다. 할인된 티켓을 구매했을 뿐인데 결과적으로 생에서 처음으로 움직이는 야경을 볼 수 있게 되었으니 작은 행운이 따른 셈이다.

시징, 비행기는 이제 제주로 들어온 듯합니다.

윤주는 마음속으로 그렇게 문장을 썼다. 마치 어젯밤에 쓰다 만 메모에 이어서 적듯이. 시징은 에어비앤비 사이트를 통해 윤주의 방을 이주 동안 예약한 홍콩 사람이었다. 예약이 확정된 뒤 원룸 건물의 정확한 주소와 현관 비밀번호를 전하는 윤주의 이메일을 받고 그가 보내온 답장에는 영등포의 어원과 관련된 내용이 포함되어 있었다.

언젠가 여행 책자에서 영등포라는 지명은 영등굿이 행해지던 포구에서 유래했다는 구절을 읽은 적이 있습니다. 그 구절이 인상적이어서 나중에 서울에 가게 된다면 꼭 영

등포에서 숙소를 찾아야겠다고 생각했죠. 윤주, 이번에 그 기회가 생겨서 나는 정말 기쁘고 당신에게 고맙습니다.

영등포에 살면서도 영등포의 어원을 알지 못했고 알려 한 적도 없는 윤주는 그 이메일이 흥미로웠다. 시징에게 메모를 쓴 건, 그가 단순한 게스트가 아니라 공간을 공유하면서 생애의 일부도 겹치게 된 친밀한 타인이라는 생각이 들어서였을 것이다. 자신의 방에 손님으로 온 그가 자필로 쓰인 메모를 읽으며 희미하게나마 웃게 되기를, 썩 괜찮은 숙소를 잡았다고 안심하기를 윤주는 바랐다. 메모는 완성되지 않았다. 메모를 쓰던 중에, 마음의 가장 밑바닥에 침전된 이야기를 자신도 모르게 토로하고 있다는 걸 깨달아서였다. 당연히 방을 빌려주고 빌리는 관계에서 그런 토로는 어울리지 않았다. 김포공항에 도착해서 티켓 체크인을 할 때에야 윤주는 그 메모지를 창가 테이블에 그대로 두고 왔다는 걸 기억해냈고 어젯밤에 바로 버리지 못한 걸 후회했다. 시징은 지금 어디쯤 와 있을까. 자신처럼 비행기 안에서 어두워진 대기와 전원이 켜진 도시의 조명을 내려다보고 있을 수도 있고, 이미 영등포 방에 도착해서 그 메모를 읽고 있거나 읽은 후일 수도 있다. 시징을 실제로 만날 일은 없을 테지만 윤주는 그가 어떤 인상의 남자일지 궁금하긴 했다. 그는 윤주의 방을 대여한 첫 번째 고객이었다.

제주에 머무는 기간은 길어봤자 한달이 채 안 될 텐데도 윤주는 제주행을 결정하자마자 서둘러 에어비앤비 사이트로 들어가 호스트 등록을 했었다. 수십군데의 웹사이트를 들락거리며 저렴한 침구와 조명을 샀고, 여러 각도에서 원룸 내부를 찍은 사진을 업로드하기도 했다. 원룸을 여행자들에게 임대해 얻는 수익이 안정적으로 유지된다면 제주에 머무는 기간을 연장하거나 아예 제주에 정착해서 사는 것도 숙고해볼 수 있으리라. 이미 든든한 지원자도 있었다. 먼저 제주로의 이주를 실행한 미정은 윤주가 부탁만 한다면 어떻게든 도움을 주려 할 게 분명했다. 상상은 달콤했다. 달콤했지만, 그 가능성이 희박하다는 것도 윤주는 잘 알고 있었다. 일단 게스트들에게 인기 있는 슈퍼호스트 등급으로 업그레이드되려면 인테리어와 청결에 신경을 써야 하는데 윤주는 현재 그럴 처지가 아니었다. 임대인의 허락도 없이 세 들어 사는 방의 인테리어를 새로 할 권리도, 그럴 경제적인 여유도 없는 데다 게스트가 들고 날 때마다 제주에서 서울까지 날아와서 청소를 하고 침구를 빨아 정리하는 건 손익계산이 무의미한 비효율적인 노동이었다. 호스트가 함께 머물지 않으면서 원룸 전체를 빌려주는 숙박 유형은 엄밀히 말하면 불법이므로 운이 나쁘면 벌금을 내야 한다는 것 역시 무시할 수 없는 위험 요소였다. 상상이니까. 윤주는 생각했다.

다시는 서울로 돌아가고 싶지 않다는 마음의 다른 형태……

하긴, 이렇게 어두운 대기를 활강하는 제주행 비행기에 앉아 있는 것 자체가 이미 충분히 비현실적인 일이긴 했다. 열흘 전, 갑자기 걸려 온 미정의 전화를 받지 않았다면 윤주에게 제주는 이십대 초반에 여행을 계획했다가 수포로 돌아간 곳, 그 정도의 의미로만 남아 있었을 것이다. 그날 휴대전화 너머에서 미정은 지금 제주에서 지내고 있다고 알린 뒤, 마치 어제도 통화한 사이인 양 제주의 날씨와 동네 풍경에 대해 시시콜콜 이야기하기 시작했다. 왜 제주로 이사를 갔느냐고 윤주가 얼결에 묻자 미정은 이사가 아니라 이주라고, 작년 가을부터 내려와 살기 시작했다고 정정해주었다. 오랫동안 간사로 일했던 S인권법재단은 아예 그만두고 내려간 모양이었다. 너는 어떠니? 미정이 그렇게 물은 순간, 왜였을까, 윤주는 실직자가 되어 거리를 배회 중이라고 솔직하게 밝혔다. 그때껏 부모님뿐 아니라 여동생에게도 그런 이야기는 하지 못하고 있던 차였다. 미정은 잘됐다고, 이참에 제주에 놀러 오라고, 옷과 칫솔만 가져오면 된다고 짐짓 가볍게 대꾸했고, 실직이 무슨 대수냐고 되묻는 듯한 그 말투는 뜻밖에도 윤주에게 위로가 됐다. 그렇게 순식간에 제주행이 결정된 것이다. 전화를 끊고 나서야 윤주는, 미정과 거의 일년 만에 통화했다는 걸 깨달았다. 십년 전 휴학생 신분이던 그때, 나흘짜리 제주 여행을 위해 조금씩 돈을 모으며 설레어하고 싼값에 나온 비행기 티켓을 찾느라 수시로 휴대전화를 들여다보던 순간들이 기억 속에 고스란히 남아 있다는 것도, 아주 천천히.

비행기는 곧 제주공항에 착륙했다. 기내 조명이 켜지자 승객들도 하나둘 자리에서 일어났다. 마침 휴대전화의 진동이 느껴져 액정을 보니 공항 일층에서 기다리고 있다는 미정의 문자가 와 있었다. 윤주는 미정의 문자에는 답장을 보냈지만 비행기 모드일 때 선우에게서 걸려 온 부재중전화는 모른 척했다. 윤주는 선우와 두번 이별했는데, 공식적으로는 대학을 졸업한 뒤 각자 직장에 다닐 때였고 비공식적으로는 불과 육개월 전이었다. 윤주는 주변 사람들에게 선우와의 이별을 알린 뒤에도 육년이나 더 그를 만나왔던 셈인데, 그건 미정도 모르는 일이었다. 공식적으로든 비공식적으로든 그를 만나는 동안 단둘이 여행한 적은 없으니 제주 여행을 계획했던 십년 전의 그 며칠이 여행에 관한 그와의 유일한 추억이 된 셈이라고, 선반에서 캐리어 가방을 꺼내며 윤주는 생각했다. 제주에 온 건 유년 시절 가족 여행 이후 처음이었다.

시징

사람들의 큰 흐름을 따라 에스컬레이터를 타고 영등포역 밖으로 나온 시징은 몇걸음 걷다 말고 문득 멈춰 섰다. 윤주의 방은 영등포역 주변 한적한 주택가에 위치해 있다고 알고 있었는데, 눈앞에 펼쳐진 복잡한 교차로와 수많은 행인들, 현란한 조명을 밝힌 대형 쇼핑몰들 사이에 주택가가 있을 것 같지는 않았던 것이다. 시징은 서둘러 휴대전화를 꺼내 구글 지도 앱을 열었고, 그제야 자신이 영등포역을 중심으로 윤주의 방과는 반대편에 서 있다는 걸 알게 됐다. 윤주의 방은 영등포역 뒤편, 그러니까 후문 쪽에 있는데 시징은 방금 전 정문을 이용해 역사에서 나온 것이었다.

시징은 다시 역 안으로 들어가기 위해 에스컬레이터 쪽으로 돌아섰다. 에스컬레이터 앞에는 스무명가량의 사람들이 겹겹이 앉아 대형 스피커에서 흘러나오는 단순하고도 빠른 템포의 노래를 따라 부르거나 한국과 미국 국기를 양손에 쥔 채 흔들고 있었다. 조금 전엔 당혹감 때문에 제대로 살펴보지 못하다가 이제야 유심히 보니 기이하다는 느낌이 먼저 들었다. 스피커 옆에 서 있는 노인은 대형 십자가를 등에 지고는 노래 사이사이에 아멘을 외쳤는데, 노인이라는 사실이 믿기지 않을 정도로 목소리에 힘이 있었다. 국기들과 십자가라니, 집회의 정체성이 도무지 단박에 파악되지 않았다. 포교가 목적인 집회라면 국기들의 의미가 해석되지 않았고, 한국의 통일을 지지해달라는 공익적인 집회라고 단정하기엔 충분히 기독교적이었다. 종말론을 맹신하는 이교도의 집회인 걸까. 물론 동성애를 혐오하는 사람들의 집회일 수도 있었다. 어스름이 내려온 거리에서 시징 외에는 그 집회를 눈여겨보는 사람은 단 한명도 없었는데, 시징에게는 그 거대한 무관심마저 인상

적이었다. 마치 집회에 관심을 갖지 말자고 사전에 약속이라도 한 듯, 혹은 그들의 요구는 무시해도 된다고 암묵적으로 동의하고 있다는 듯, 퇴근 무렵의 사람들은 집회 주변을 빠르게 지나쳐 갈 뿐이었다.

에스컬레이터에 몸을 실은 후에도 시징은 몇번이나 뒤를 돌아봤다. 정체불명의 집회에 호기심이 생겨서이기도 했지만, 그보다는 자신이라도 확인하지 않으면 모두의 시선에서 비껴 있는 그들이 신기루처럼 사라질 것만 같아서였다. 에스컬레이터 중간 지점부터 집회는 시야의 사각지대로 들어갔고, 그쯤에서 시징도 호기심을 거두었다.

영등포역 후문은 정문과는 확연히 다른 분위기이긴 했다. 후문 밖에도 식당들이 있었고 채소와 과일, 고기를 파는 작은 상점들 역시 제법 많았지만 전반적인 풍경은 주택가가 맞았다. 식당 간판 중에는 간체자도 보였으므로 이 동네에도 중국 내지에서 온 사람들이 거주하고 있다는 걸 시징은 짐작할 수 있었다. 서울의 행정구역은 스물다섯개의 구와 사백개가 넘는 동으로 구성되어 있으며 영등포구에 포함되는 대림동과 신길동엔 중국인들이 유독 많아 차이나타운까지 형성되어 있다고, 시징이 종종 접속하던 한국 여행과 관련된 인터넷 커뮤니티엔 그렇게 적혀 있었다. 시징은 휴대전화 속 구글 지도를 보며 일단 왼쪽으로 걸었다. 걸을수록 식당과 상점 들이 적어지면서 겨울나무들이 띄엄띄엄 서 있는 공원이 나왔는데, 윤주의 방은 그 공원이 시작되는 지점과 맞닿은 건물 사층에 있었다.

건물의 외관은 붉은 벽돌로 되어 있었고 공동 현관문엔 잠금장치가 달려 있었다. 윤주가 이메일을 통해 미리 일러준 비밀번호를 입력하여 건물 안으로 들어간 뒤엔 캐리어 가방을 번쩍 들고 계단을 올랐다. 이 건물에 엘리베이터가 없다는 건 에어비앤비 사이트에도 나와 있는 정보였다. 각각의 층엔 네가구씩이 정사각형 형태로 마주 보고 있었는데, 일층에서 사층까지 오를 때까지 그 어떤 현관문 너머에서도 인기척이 전해지지 않는다는 것이 시징은 놀라웠다. 란콰이퐁에 위치한 시징의 아파트는 이곳처럼 깨끗하지 않아도 늘 활기가 있긴 했다. 소음 때문이었다. 소음의 주된 성분은 아이들과 외국인 관광객들의 웃음소리였는데, 시징은 해 질 녘 발코니에 서서 구체적인 얼굴들이 지워진 그 웃음소리를 듣는 시간을 좋아했다.

시징은 윤주가 알려준 두번째 비밀번호로 402호 현관문을 열었다.

현관문이 열린 순간, 훈기 속에 켜켜이 스며 있던 옅은 체취가 시징의 코를 자극했다. 자주 먹는 음식이라든지 애용하는 상표의 화장품, 청소를 하는 주기와 커피나 차를 마시는 빈도 같은 생활 패턴을 통과하며 오랜 시간에 걸쳐 빚어진 거주인의 순수한 냄새일 것이다. 타인의 집에서 타인의 냄새를 맡는 건 시징에게는 낯선 경험이었다. 시징은 성인이 된 이후로 친구나 동료의 집을 방문한 적이 없었고 그들을 자신의 집에 초대한 적도 거의 없었다. 은철을 제외하면 시징의 공간에 배어든 냄새가 남들의 것과 어떻게 다른지 아는 사람은 아무도 없는 셈이다. 시징이 어떤 자세로 잠을 자고 나쁜 꿈에서 깼을 땐 어떤 얼굴을 하는지, 별다른 습관은 무엇이고 무방비의 자세는 어떠한지, 평소보다 우울하거나 고독할 땐 무얼 하며 시곗바늘의 균등한 간격을 견디는지, 그 모든 것을 아는 사람은 육년 전이나 지금이나 은철뿐이었다.

시징은 일단 신발을 벗고, 원룸이라는 주거 형태인 윤주의 공간 안으로 성큼 들어갔다. 메인 조명인 형광등을 켜자 침대와 싱크대뿐 아니라 화장실 안쪽의 변기까지 한꺼번에 시야에 들어왔다. 시징은 방 한가운데로 32인치짜리 캐리어 가방을 옮겨놓은 뒤 그 위에 걸터앉았다. 앉을 만한 곳이 없어서였다. 창가 쪽 테이블—책상과 식탁으로 겸용되는 것인지 이 방에 다른 테이블은 없었다—에 딸린 의자는 180센티미터가 넘는 시징이 앉기에는 너무 작아 보였고, 씻지도 않은 상태로 새 침구가 깔린 침대에 올라가고 싶지는 않았다.

캐리어 가방에 앉은 채, 시징은 좀더 본격적으로 방을 둘러보기 시작했다. 헤드가 따로 없는 싱글 침대, 서랍이 여러개인 수납장과 바퀴가 달린 개방형 옷장, 냉동실과 냉장실이 분리되지 않은 미니 냉장고와 가스레인지 밑에 설치된 소형 드럼세탁기, 시징이 보기엔 하나같이 그 쓸모에 충실하면서도 최소한의 면적만 차지하는 일인용 사물들이었다. 이 방에서 거주인의 기호와 성향을 드러내는 유일한 사물은 책들이 빼곡하게 꽂힌 5단짜리 책장뿐인 듯했다. 군살이 없는 단신의 여자를 시징은 상상했다. 군살이 없고 단신이며 창백한 종이 냄새가 나는 여자, 밖에서는 합리적이고 신용할 만하다는 평판을 듣지만 이 방에서는 드넓게 펼쳐진 밀밭을 혼자 걷듯 순간순간 위태롭도록 외로워지는 사람, 그러니까 혼자 먹고 혼자 자는 데 익숙해졌으면서도 가끔씩 밀려오는 외로움에 쉽게 생애의 끝을 상상하는 부류…… 그렇게 상상을 이어가자 시징은 어쩐지 윤주를 다 알아버린 것만 같았고, 어딘가에서 그녀와 우연히 마주친다면 한번에 알아볼 수 있을 것 같다는 생각마저 들었다.

집을 보며 그 집에 거주하는 사람을 유추하는 건 은철에게서 배웠다. 여행을 할 때마다 에어비앤비를 통해 타인의 집을 빌려온 은철은 집의 크기와 구조, 가구와 소품의 배치, 그리고 체취와 습관의 흔적으로 거주인을 재현할 수 있다고 믿었다. 육년 전 시징의 아파트로 큰 배낭을 메고 들어온 날, 그날도 은철은 아파트 내부를 쭉 한번 훑어보더니 시징에 대해 과거 속에서 현재를 사는 사람이라고 진단했다. 몇년째 착용한 적 없는 옷과 구두들, 손잡이가 떨어진 프라이팬과 전선이 끊어진 어댑터, 과월호 패션 잡지들과 고등학교 시절의 교과서까지, 시징의 아파트에는 당장 내다 버려도 상관없는 것들이 여기저기 널려 있긴 했다. 은철의 짐을 놓기 위해 가구를 옮기거나 수납장을 비울 때마다 폐건전지, 일회용 젓가락, 녹슨 못과 출처를 알 수 없는 단추들이 끊임없이 굴러 나오기도 했다. 그럴 때마다 은철은 시징을 놀렸고 시징은 한때는 다 필요한 것들이었다며 항변하거나 딴청을 피웠다. 그날의 작은 소란을 떠올리자 웃음이 났다. 그런데……

시징은 금세 웃음을 거두고는 자신의 발등을 골똘히 내려다보며 생각했다. 그런데, 나는 왜 여기에 있는 것일까.

어쩌자고 영등포까지 와버린 것일까.

인터넷 쇼핑몰을 함께 운영하는 동업자이긴 하지만 투자 지분은 월등하게 높은 사촌형 챙이 새해부터 한국에서 유행하는 옷을 카피한 제품도 함께 판매하자고 제안한 건 작년 십일월의 일이었다. 서울의 쇼핑가에 진열된 옷을 상점 주인 몰래 찍어 포트폴리오로 만드는 업무를 시징이 거절할 권한은 없었다. 서울 출장이 결정된 후, 에어비앤비에서 숙소를 구하던 시징에게 어느 날엔가 새로 업로드된 윤주의 방은 특별해 보일 수밖에 없었다. 은철의 고향인 영등포, 그리고 은철이 좋아하던 타인의 방, 이 절묘한 조합은 시징을 흔들기에 충분했던 것이다. 게다가 윤주의 방은 호텔보다 저렴하면서도 게스트하우스처럼 사생활이 침해받을 위험도 없었다. 사이트에 등록된 지 일주일도 되지 않은 방이라서 이전까지 한번도 고객이 이용한 적 없다는 것 역시 시징은 마음에 들었다. 윤주의 방을 발견한 순간부터 시징으로선 그 방을 예약하지 않을 도리가 없었다. 그렇게 오게 된 것이다, 한 시절 포구였던 도시의 일인용 방으로.

창문을 통해 뿌연 노란빛이 번져 들어오면서 기차의 경적 소리가 들려온 건 시징이 캐리어 가방에서 짐을 꺼내고 있을 때였다. 시징은 그 노란빛에 결박된 듯 그대로 경직된 채 숨까지 죽였다. 도무지 이 상황이 믿기지 않았다. 영등포와 타인의 방이라는 조합에 기차까지 더해지다니, 마치 이 여정 자체가 은철을 소환하는 제의 같다는 생각마저 들었다. 그건 은철을 구성하는 세가지 키워드니까. 영등포, 타인의 방, 기차, 그 셋의 총합이 바로 은철이므로.

노란빛이 창문에서 다 빠져나가고 기차 소리가 멀어진 뒤에야 시징은 자세를 풀고는 자리에서 일어났다. 짐 정리는 포기했다. 대신 맥주 한잔을 마신 뒤 걸을 수 있을 때까지 걷고 싶다는 생각뿐이었다. 걷다보면 거짓말처럼 포구가 나올지도 몰랐다. 은철이 고향에 대해 이야기해줄 때면 남몰래 상상했던, 그러니까 탐조등과 그 탐조등 불빛이 알갱이로 분해되어 반짝이는 강물, 정박한 배와 떠나가는 배, 물고기 냄새와 갈매기의 울음소리, 그리고 늙은 샤먼의 애절한 노랫소리가 있는 포구……

시징은 휴대전화와 지갑 그리고 이 방에 들어왔을 때부터 눈길이 갔던 테이블 위 메모지를 챙겨 윤주의 방에서 나왔다.

미정

공항으로 출발하기 전, 미정은 천막 안에서 문영의 카톡메시지를 받았다. 한달 뒤 혜화동 성당에서 결혼식을 올린다는 모바일 청첩장이 첨부된 메시지였다. 로스쿨 동기로 현재는 금융과 조세 소송을 맡는 로펌의 변호사라고 했던가. 언젠가 문영과 단둘이 앉아 있던 밤의 와인바가 서랍처럼 열린 기억 속에서 되살아나면서, 한마디로 돈에 눈먼 속물이죠, 장난스럽게 말하고는 이내 진지한 애정이 느껴지는 목소리로 좋은 사람이라고 정정하던 문영의 얼굴이 제법 선명하게 떠올랐다. 그때 투명한 와인 잔에 난반사된 조명이 문영의 눈가와 입가에서 물결처럼 일렁였던 것도. 축하한다는 답장을 보낼 차례인데 그러지 못하고 액정만 물끄러미 내려다보는 사이, 문영의 번호로 또 다른 메시지가 도착했다. 새로 온 메시지에는 미정을 걱정하는 문장이 가득했다. 밥은 잘 먹고 잠은 잘 자는지, 경찰과 충돌이 잦다는데 다치진 않았는지, 제주 사람들의 텃세는 없는지, 무엇보다 여전히 그 사건 때문에 스스로를 탓하고만 있지는 않은지, 사실 저는 그게 제일 걱정이에요, 그렇게 이어지는 문장들…… 그 사건이라면 S인권법재단에서 미정이 마지막으로 전담한, 성소수자 K병사가 군을 상대로 청구한 손해배상 소송일 터였다. 지난여름, 뜻하지 않은 결과로 이어진 그 소송을 계기로 미정은 재단에서 퇴사했다. 미정의 상황뿐 아니라 마음까지 걱정하는 메시지를 다 읽고 나자 제주에 온 뒤로 문영에게 연락 한번 제대로 하지 않았다는 것이 미정은 새삼 미안했다. 미안한 동시에, 그 미안함 뒤에 안전하게 숨어 있고 싶은 마음도 부정할 수 없었다. 어떤 미안함은 편리하다는 것을 문영이 알까. 누군가를 향한 복합적인 감정 둘레에 벽을 쌓아서 자신에 대한 의심과 혐오 그리고 열등감을 사전에 차단하는 그런 미안함도 있다는 것을.

미정은 문영을 알게 되면서 혼자만의 달리기 경기를 시작했다. 문영은 모르는 경기, 문영이 모른다는 걸 미정은 아는 경기, 그 경기에 룰이 있다면 경기를 의식하는 쪽만이 패배를 반복할 수밖에 없다는 것, 그뿐이었다.

처음부터 문영이 S인권법재단 소속 변호사였던 건 아니다. 미정이 재단에서 간사로 일한 지 육년쯤 되었을 때 재단의 규모가 커지면서 신입 변호사가 필요했는데, 그때 채용된 변호사가 문영이었다. 로스쿨 학생회장 출신에다 변호사 시험에 합격한 뒤에는 재판연구원으로 일했다는 인재의 입사 소식에 재단 사람들이 한동안 흡족해했던 기억이 난다. 돈이든 권력이든 차지할 수 있는 게 분명한 사람이 비영리단체를 선택했으니, 누구라도 기특한 존경심을 가질 만했다. 첫 출근 날부터 문영은 미정을 한눈에 알아봤지만 미정에게는 문영에 대한 기억이 없었다. 그날 퇴근 무렵에야 미정의 책상으로 다가온 문영은 신입생 때 미정이 참여했던 모의재판을 보았다고, 법대에 온 건 그저 지방 법원의 부장 판사인 아버지의 바람 때문이었는데 그 모의재판을 보고 나서야 비로소 법조인에 대한 열망이 생겼다고, 멀리서 흠모하는 눈빛으로 미정을 지켜보곤 했으니 종종 뒤통수가 가려웠다면 그건 분명 자신의 눈빛 때문이었을 거라고, 한껏 신이 난 얼굴로 쉬지 않고 말했다. 그때였을까. 자신에게는 오랜 꿈을 단념하게 한 사건이 다른 누군가에게는 그 단념된 꿈에 대한 열망을 갖게 했고 그 사람은 실제로 그 꿈을 이루었다는 것을 알게 된 그때부터……

그때부터, 방향도 목적지도 없는 허공의 달리기가 시작된 것일까.

그 모의재판은 미정이 졸업을 두 학기 앞두고 참여한 법대 행사였다. 독재 시절 고문 경험으로 평생 후유증에 시달리던 과거 운동권 출신이 고문실에서 자신을 치료하던—그리고 그 치료의 목적은 오직 하나, 고문을 연장하는 것이었다—군의관을 고소하는 재판이었고, 미정은 원고인 운동권 출신의 변론을 맡았다. 재판은 매끄럽게 진행됐고 성황리에 끝났지만, 미정은 자신이 그 재판에 끝까지 집중하지 못했다는 걸 누구보다 잘 알았다. 재판에서 미정의 논리는 국가 폭력에 동조하는 비윤리적인 행위를 단지 할 일을 했을 뿐이라는 직업정신으로 합리화해서는 안 된다는 거였는데, 미정이 흔들린 건 상대 변호사 역할을 맡은 동기가 베트남전쟁을 예로 들며 반론을 펼치면서부터였다. 베트남전은 한국이 참전할 수밖에 없는 전쟁이었다고, 당시 한국 군인들이 저마다 비윤리성을 의식하며 전쟁을 거부했다면 한국은 국제적으로나 경제적으로 고립되었을 거라고, 모든 역사에는 비윤리적임을 알면서도 어쩔 수 없이 동조할 수밖에 없는 개인들이 있고 우리는 그 개인들 역시 희생자라는 걸 기억해야 한다고, 동기는 그렇게 말을 이어갔다. 미정은 순간 주변 풍경이 하얗게 표백되는 걸 느끼며 동기의 얼굴만 뚫어지게 바라봤다. 의아해하는 사람들의 시선을 의식한 뒤에야 다시 정신을 차린 미정은 그런 무사유의 동조야말로 범하기 쉬운 범죄일 뿐이라는 원론적인 재반론을 펼쳤다. 정의의 대리인인 양 또박또박 힘주어 말하고 있었지만 머릿속은 혼란과 당혹감으로 뿌예져 있었다. 어쩌면 그때 미정은 대학 강당에 마련된 그 임시 법정이 자신에게는 마지막 법정으로 남게 되리란 걸 이미 예감했는지 모른다.

"뭐 해?"

보경 언니의 목소리였다. 돌아보니, 어느새 천막 안으로 들어온 보경 언니가 구석에서 잠이 든 대학생 활동가에게 담요를 덮어주는 모습이 보였다. 보경 언니의 본명은 보경이 아니지만 여기선 다들 그녀를 그렇게 불렀다. 누군가는 보경 누나로, 또다른 누군가는 보경씨로. 하긴, 이곳에서는 이름으로 당을 대변하는 녹생당 당원을 제외하면 본명을 쓰는 사람이 드물었다. 천막촌의 활동명 문화를 미처 몰라서 처음부터 본명으로 스스로를 소개한 미정도 활동명을 갖지 못한 부류에 속했다.

"그냥 있어요, 세미나는 어때요?"

미정이 휴대전화를 도로 패딩점퍼 주머니에 넣으며 묻자 그녀는 재미없어, 대답한 뒤 크게 하품을 해 보였다. 옆 천막에서는 오후 네시에 시작한 세미나가 벌써 세시간째 진행되는 중이었는데, 제주도청 간부와 국토부 직원들이 주민들에게 제2공항 건설의 타당성을 홍보하는 설명회에서 반론을 펼치기 위해 준비차 마련한 자리였다. 윤주를 마중하러 공항에 갈 일이 없었다면 미정도 그 세미나에 참석했을 것이다.

"참, 이따가 우리 집에 올래? 오늘은 가리비랑 홍합 넣어서 술찜 해보려고."

보경 언니가 미정 쪽으로 다가오며 그렇게 말했다. 미정은 난처했다. 일주일 전부터 오늘 아침까지, 그녀에게 서울에서 오는 친구 이야기를 적어도 열번은 했을 것이다.

"오늘 친구 오는 날인데, 에이, 또 잊은 거예요?"

어색하게 웃으며 말을 꺼낸 순간, 그녀의 얼굴에 흐릿한 금이 그어지는 것을 미정은 속수무책으로 마주 볼 수밖에 없었다. 보경 언니는 미정이 아는 한 세상에서 가장 거절에 취약한 사람이었다.

미정이 현재 거주하고 있는 서귀포 중문의 집은 보경 언니의 지인이 위탁한 곳으로, 보경 언니네 집과는 걸어서 십분 거리에 있었다. 보경 언니에게 신세를 진 데다 사는 곳이 가까웠으므로 미정은 보경 언니의 초대를 거절한 적이 거의 없었다. 그렇게 넉달 가까이 일주일에 두세번씩 그녀와 저녁 식탁을 공유하다보니 미정은 그녀의 위태로움만은 확실하게 알게 되었다. 그녀는 거의 매일, 그러니까 미정을 부른 날이든 부르지 않은 날이든 취할 때까지 마셨고 취한 뒤엔 늘 슬픈 사람이 되곤 했다. 마음의 가장자리에서 찰랑거리는 잔잔한 슬픔이 아니라 살갗과 내장을 태워버릴 것 같은, 지켜보는 사람을 불안하게 하는 거친 슬픔이었다. 미정은 실제로, 했던 말을 반복하면서 난폭하게 웃다가도 돌연 해쓱해진 얼굴로 보경을 찾는 그녀에게서 탄내를 감지하곤 했다. 그럴 때 미정이 할 수 있는 일이라곤 그녀를 침대로 데려가 잠들 때까지 곁을 지켜주는 것뿐이었다. 미정도 지쳐가고 있었다. 술 취한 사람의 맨얼굴에, 그 맨얼굴과 꼭 닮은 생전의 엄마를 떠올리는 일에, 무엇보다 보경 언니와 어느새 불행의 공동체를 이루었다는 자각에, 이런 삶, 그러니까 희망이란 것이 가까스로 살아 있음을 의미할 뿐인 이런 삶이 앞으로도 계속 이어질지 모른다는 불안감에. 속물 같다고, 미정은 종종 생각했다. 아무도 모르게 문영과 달리기를 하는 것이나 보경 언니의 불행에 감염될까봐 두려워하는 것 모두 속물의 본능 같기만 했다.

열흘 전, 천막촌에 필요한 식료품을 사러 도청 근처 시장에 들렀다가 윤주에게 충동적으로 전화한 건, 아니라는 말을 듣고 싶어서였을 것이다. 아니라고, 그런 마음은 결코 속물적인 게 아니라고, 그저 당연한 반응이며 누구라도 그 정도의 질투랄지 회피의 욕망에 휩싸였을 거라고, 미정의 상황을 속속들이 안다면 윤주는 분명 그렇게 말해주었을 것이다. 윤주는 미정이 속물과는 거리가 먼 사람이라고 생각하는 듯했고, 특히 인권법재단에서 미정이 하던 일을 누구보다 존중해주었다. 그러나 막상 윤주와 통화를 하면서는 무턱대고 제주에 놀러 오라는 제안만 하고 말았는데, 전화를 끊고 나서야 미정은 윤주에게서 속물이 아님을 확인받는 것보다 손님을 빌미로 당분간 보경 언니네 집에 가지 않아도 된다는 계산이 앞섰다는 것을 천천히 깨닫게 됐다.

"친구가 최근에 실직했다기에 쉬고 싶을 때까지 쉬다 가라고 했어요. 그래서 말인데……"

"아, 맞다, 내 정신 좀 봐. 세미나 끝나고 다 같이 플래카드 만들기로 했는데 내가 여기서 이러고 있네. 그럼 미정씨, 우린 내일 봐."

보경 언니는 모든 것을 파악했다는 듯 미정의 말을 막으며 그렇게 대꾸하고는 서둘러 천막에서 나갔다. 그새 잠에서 깬, 머리칼이 눌리고 눈은 반쯤 감긴 대학생 활동가를 향해 미정은 고요하게 웃어주었다.

공항으로 가는 버스 안에서는 대체 언제 전화 줄 거냐는 아버지의 문자메시지를 받았다. 아버지가 미정과 통화하고 싶은 이유라면 충분히 짐작이 갔다. 고모 말에 따르면 오래 앓던 당뇨병과 녹내장이 최근에 고엽제 후유증으로 인정받았다고 하니, 아마도 아버지는 미정에게 그 보상금에 대해 상의하려는 것이리라. 알면서도, 미정은 이번에도 발신 버튼을 누르지 않았고 답장도 따로 보내지 않았다. 자신이 없어서였다. 보상금에 욕심을 품지 않을 자신이 없었고, 보상금을 받지 않으려는 이유로 그 돈에 전쟁의 오물이 묻어서라고 말할 자신도 없었다. 자격이 없기도 했다. 이십여년 전 부모가 이혼할 때, 미정은 엄마보다 열다섯살이나 많은 데다 몸에서는 상한 과일 냄새가 나던 아버지를 엄마와 함께 버렸다. 서로의 생일이나 명절 때 안부전화를 주고받는 것 외엔 따로 연락하는 일이 드물었고, 일년에 한두번 아버지가 혼자 사는 강화도 집을 방문하는 날에도 버스 시간을 핑계로 오래 앉아 있지 않았다. 미정은 늘 아버지에게 인색했다. 단 한번도, 병든 그를 안아주지 않았다.

어두운 버스 차창에 어른거리는 창백한 얼굴을 미정은 타인인 양 오래 바라보았다.

문영에게든 아버지에게든 답장을 하지 못하고 망설이고만 있는 사이 버스는 제주공항에 도착해 있었다. 한 일도 없이 미정은 피곤했다. 버스에서 내려 공항까지 걸어가는데 매서운 바람이 불어 왔다. 제주는 지금 신구간(新舊間)이라고, 신구간은 지상의 신들이 하늘의 신에게 일년간의 업무를 보고한 뒤 새 업무를 부여받기 위해 자리를 비우는 일주일 정도의 시간을 일컫는데 신이 부재해서인지 유독 춥고 궂은 날이 많다고, 천막촌의 제주 토박이들이 해준 이야기가 문득 떠올랐다. 새벽쯤엔 바다의 습기를 수집한 이 공기덩어리가 눈이나 진눈깨비로 변성되어 흩날릴지도 모르겠다.

미정은 찬바람을 가로질러 곧 공항 로비로 들어갔다. 갑작스러운 강풍으로 비행기가 연착된다는 방송은 다행히 들려오지 않았다. 플라스틱 의자에 앉아 십분 정도 기다리자 게이트에서 걸어 나오는 윤주가 보였다. 그러고 보니 일년 만이었다, 윤주의 얼굴을 보는 것이……

윤주

그릇 부딪치는 소리에 설핏 눈을 뜬 순간, 윤주는 반사적으로 옆자리부터 살폈다. 몸에 밴 관성이었다. 집이 아닌 곳에서 잠들었다 깨어나면 곁에는 대개 선우가 있었고, 그럴 때 눈에 들어오는 잠든 선우의 옆얼굴을 윤주는 좋아했다. 평소에는 보기 힘든 평화로운 얼굴이었으니까, 꿈에서는 그도 날개를 단 짐승처럼 자유로울 것이므로, 무의식 상태에선 가난에든 가난한 마음에든 등급이 없다는 게 다행이라고 생각하며……

창 너머에선 돌담과 나뭇가지와 풀잎을 휘감는 바람소리가 들려왔고, 방문 틈으로는 빵과 커피 그리고 기름에 익어가는 계란과 베이컨 냄새가 퍼져 들어왔다. 앞으로는 자신이 아침과 저녁을 준비하고 그 식재료도 구매해야겠다고, 윤주는 침대에서 내려와 이불을 정리하며 생각했다. 어젯밤에 미정은 이 집의 소유주도 임차인도 아닌, 그저 임시로 거주하며 관리하는 사람일 뿐이라고 밝혔는데 따로 집세는 내지 않더라도 각종 공과금은 분명 미정의 몫일 터였다. 방문을 열고 나가자 싱크대 앞에 서 있는 미정의 뒷모습이 보였다. 훤히 드러난 목덜미가 여전히 쏠쓸하게 낯설어서 윤주는 금세 고개를 외로 틀었다.

공항에서 미정을 발견했을 때, 윤주는 사실 속으로 충격을 받았다. 기억 속에서 늘 앳되기만 했던 미정이 또래보다 훨씬 나이 들어 보이는 모습으로 나타나서였다. 예전보다 살이 내리고 화장하지 않은 얼굴엔 이른 기미가 올라와 있긴 했지만, 단지 그런 요인들로 미정의 인상이 변화된 건 아닌 듯했다. 캐리어 가방을 대신 끌며 앞서 걸어가는 미정의 뒷모습을 보고 나서야 아주 짧게 자른 머리칼이 미정을 예전과 달라 보이게 하는 결정적인 요인으로 작용했다는 걸 윤주는 알 수 있었다. 아무런 미적인 고려 없이 그저 효율성을 기준으로 마구 자른 듯한 그 헤어스타일은 자유로운 사람의 상징이나 표본이 아니라 너무 일찍 세상을 차단한 수행자를 떠올리게 했다. 그제야 윤주는 지난 일년 동안 미정에게 무슨 일이 있었는지 자신이 전혀 알지 못한다는 것을 깨달았다. 서로 소원해졌어도 미정과는 보이지 않는 끈으로 연결되어 있으며 언제라도 아무 일 없었다는 듯 다시 연락할 수 있는 사이라고 믿어왔지만 공항을 빠져나올 때쯤엔 인정할 수밖에 없었다, 그 일년의 시간이 무심한 마음의 환산치였다는 것을.

미정이 식탁에 커피와 토스트, 스크램블드에그를 내려놓는 동안 윤주는 서둘러 씻고 나온 뒤 식탁에 앉았다. 미정은 토스트를 반쪽만 먹었고 스크램블드에그에는 손도 대지 않았는데, 천막촌에 단식 중인 활동가가 몇명 있다는 미정의 설명을 들은 윤주는 미정에게 좀더 먹으라는 참견 같은 건 할 수 없었다. 제주에서 미정은 제2공항 건설을 저지하는 활동가로 살고 있으며 이 집을 소개해준 사람도 같은 활동가 중 한명이라고 했다. 모두 제주에 와서야 알게 된 것들이었다.

"근데, 방송국은 왜 그만뒀어?"

그새 포크를 내려놓은 미정이 커피를 한모금 마신 뒤 물었다. 윤주는 그냥, 얼버무리며 소리 없이 웃었고 웃은 뒤엔 너는? 되물었다.

"너는 어쩌다가 공항에 관심이 생긴 건데?"

나? 하는 얼굴로 윤주를 건너다보던 미정이 이내 윤주처럼 웃었다. 윤주와 미정은 그렇게 서로를 마주 보며 잠시 함께 웃었다.

미정이 천막촌으로 떠난 뒤 윤주는 다용도실에서 꺼내온 청소기를 밀면서 어젯밤엔 대충 훑어보고 말았던 미정의 임시 거주지를 좀더 꼼꼼하게 살폈다. 방 두개에 거실을 겸한 주방이 있는, 제주에서는 흔한 단층 돌담집이었다. 평범했지만, 집 안 곳곳에 활용된 원목과 돌 재질의 인테리어만큼은 이 집의 독특한 표지처럼 보였고 그 표지의 의미는 절대적인 안전 같다고 윤주는 생각했다. 집주인은 은퇴한 교사 부부로 오년 전부터 제주에 내려와 이 집을 수리하고 살았는데, 최근 미국에 사는 딸 부부가 아이를 낳아서 육아를 도우러 출국한 상태라고 했다. 안전한 집을 소유하고 유지할 만한 조건을 갖춘 사람들이었다.

청소를 마친 뒤엔 식재료를 사러 외투를 챙겨 입고 밖으로 나갔다. 차도로 이어지는 길은 비포장 상태였는데 새벽에 흩날린 진눈깨비가 녹지 않고 드문드문 남아 있는 게 보였다. 담벼락과 지붕 위, 응달진 곳에 형성된 살얼음의 표면, 이름을 알 수 없는 나무의 가지 끝에. 그러게…… 윤주는 차도를 향해 터덜터덜 걸으며 혼잣말로 중얼거렸다.

그러게, 지나고 나니 다 그냥이 되네.

방송국에 출근하지 않은 지 벌써 한달이 되어가고 있었다.

한달 전, 평소보다 일찍 녹음실에 도착해서 대본을 정리하던 윤주는 프로그램 진행자인 입사 이십년차의 베테랑 최아나운서와 올봄부터 연출을 맡은 서피디가 녹음실 안쪽에서 자신에 대해 이야기하는 소리를 듣게 됐다. 피디는 윤주와의 계약을 해지하고 싶어 했고, 아나운서는 이년 넘게 함께 프로그램을 일궈온 작가를 특별한 사유도 없이 해고한다면 다른 작가들에게 반발심을 불러올 수 있으니 조심스럽다는 입장이었다. 다른 작가들도 이해할걸요? 애초에 김피디가 이 자리에 꽂아준 거, 방송국에서 모르는 사람이 어디 있다고요. 서피디의 그 말에 그제야 윤주는 그가 무엇을 문제 삼는지 알 수 있었다.

잦은 휴학으로 이년이나 늦게 졸업한 데다 방송국 피디 공채에서 연달아 떨어진 윤주가 취업할 수 있는 회사는 많지 않았다. 대학에 다니는 내내 학비와 생활비를 버느라 내세울 만한 스펙 하나 쌓지 못한 탓도 있었다. 수십번의 면접 끝에 가까스로 증권사 영업팀에 들어가게 됐는데, 막상 그곳에서 하는 일이라곤 하루 종일 생면부지의 타인에게 전화를 걸어 주식이니 채권을 판매하는 것이었다. 통화량을 기록한다는 명분으로 가벼운 외출뿐 아니라 화장실에 갈 때도 상사에게 보고해야 하는 내부 규정을 따르는 것이 귀찮고 때로는 수치스러워서, 윤주는 출근해서 자리에 앉으면 오줌도 참은 채 끊임없이 전화를 돌렸다. 시발년이어디서약을팔아천하의개년같으니우리만나서얘기할래요그냥커피나한잔해요비싸게굴지좀말고그쪽도지금흥분한거맞잖아요목소리가그런데뭘…… 때로는 이유도 모른 채 그런 욕설과 성희롱에 시달려야 했는데,

그 언어들은 왕성한 번식력으로 순식간에 윤주의 일상 전체를 장악해갔다. 오염된 귀를 어떻게 하지 못한 채 고스란히 양쪽에 매달고 퇴근길에 오르면 같은 여의도에 있는 방송국이 마치 유리산의 꼭대기에 세워진 성채처럼 보이곤 했다. 스물여덟이라는 적지 않은 나이에 방송국 스크립터 채용에 지원한 건 그래서였다. 피디와 스크립터의 격차는 컸고 스크립터 월급으로는 기초적인 생활도 불가능했지만 진저리 나는 증권사의 전화기에서 벗어날 수만 있다면 아무래도 상관없었다.

스크립터로 채용된 윤주가 처음 투입된 곳은 당시 정권에 반대하는 입장을 철저하게 배제하거나 왜곡하는 내용으로 악명이 높은 라디오 시사 프로그램이었는데, 그때 담당 피디가 김이었다. 그리고 바로 그 김피디가 라디오 국장으로 승진하여 프로그램을 떠나면서 윤주에게 영화음악 프로그램의 메인 작가 자리를 주선해준 것이다. 스크립터가 서브 작가 기간도 없이 메인 작가가 되는 건 이례적인 일이어서 뒷말은 많았지만 김피디의 호의가 진심이라는 걸 적어도 윤주는 의심한 적이 없었다. 그는 윤주가 다른 스크립터나 서브 작가에 비해 나이가 많다는 것을 인지하고 있었고 시사 프로그램에 지쳐 있다는 것과 경제적인 안정이 필요하다는 것을 누구보다 투명한 마음으로 이해해준 사람이었다. 그때 거절해야 했을까. 윤주는 지금도 판단할 수 없었다. 아니면, 정권이 바뀌면서 방송국에서 퇴출된 김피디를 따라 나도 청산되었어야 옳았던 걸까. 가끔은 그런 의문이 나사처럼 상흔을 남기며 윤주의 가슴속으로 파고들기도 했다.

피디님도 윤주씨 또래의 여동생이 있다면서요. 최아나운서가 다시 말했다. 저는 피디님이 윤주씨를 여동생이라고 한번 생각해보면 어떨까 싶어요. 내 동생은 로스쿨 다니는데. 아나운서의 말에 서피디가 어물어물한 말투로 그렇게 대꾸하자 윤주씨도 법대 출신이잖아요, 아나운서가 다시 말했다. 잠시 침묵이 흘렀다. 침묵의 시간 동안 두 사람은 그 대화가 충분히 농담의 요건을 갖췄다고 판단했는지 이내 동시에 웃음을 터뜨렸다.

그 웃음 때문이었다. 그들이 웃지 않았다면, 한 사람의 생계를 놓고 그렇게 웃지만 않았어도, 윤주는 녹음 직전에 말도 없이 사라지는 무책임한 행동은 하지 않았을 것이다. 그들의 대화를 엿들었다는 내색을 하지 않은 채 원론적으로, 그러니까 최대한 좋은 대본을 그들 앞에 내놓는 방식으로 그 상황에 대처했을 것이다. 그러나 그렇게는 할 수 없었다. 윤주는 아무것도 하고 싶지 않았다. 기회가 와서 잡았을 뿐이고 애정을 갖고 노동했으며 그 노동의 대가로 돈을 받아 꾸려졌던 삶…… 평범해 보이지만 그 평범함을 유지하기 위해 늘 바빴고 발을 동동거리며 뛰어다녔는데, 이 세계에선 그런 삶이 언제라도 비웃음의 대상이 될 수 있다는 것이 윤주를 무기력하게 했다. 윤주는 다음 날부터 출근하지 않았고 피디와 아나운서의 전화를 받지 않았다. 대신 서울의 몇몇 독립영화관을 순례하며 영화를 봤고 커피숍이나 구립 도서관 열람실에 앉아 책을 읽었다. 표류하는 배 같았다. 서른두살이 될 때까지 제대로 누려본 적 없는 느슨한 시간이 수화물 상자처럼 실려 있는 배…… 시징을 통해 영등포의 어원이 포구라는 걸 알고 윤주는 웃었는데, 하루 종일 바깥에서 배회하다가 집으로 돌아가 현관문을 열 때마다 기우뚱거리는 허술한 배에서 내려와 닻을 내리고 밧줄을 매는 사람의 이미지가 그려지곤 해서였는지도 모르겠다.

차도를 따라 한참을 걸으니 하나로마트가 눈에 들어왔다. 입구에 일렬로 정리되어 있던 카트 하나를 끌며 윤주는 식료품 코너로 갔고 식빵과 우유, 두부와 애호박과 양파, 고등어 두마리와 돼지 앞다리살 한근, 마지막으로 딸기와 밀감을 카트에 담았다. 계산대에선 젊은 부부와 두 아이로 구성된 4인 가족이 손을 합쳐 카트에서 물건을 꺼내는 중이었는데, 윤주는 그들에게서 좀처럼 시선을 뗄 수 없었다.

떠돌고 싶지 않던 시절이 있었다. 떠도는 삶이란 이미 충분히 경험했고 생각만 해도 지긋지긋했다. 열살 무렵 아버지의 이어폰 공장이 파산하면서 부모님은 서산에 있는 백부의 고깃집에서 일하게 됐고, 윤주와 동생은 세명의 이모들 집을 차례로 전전하며 십대 시절을 보내야 했다. 이모들의 가족이 윤주 자매를 냉대했던 건 아니지만, 윤주는 언제부터인가 자신의 가족을 이루어 함께 밥을 먹고 함께 잠을 자는 미래를 꿈꾸게 됐다. 그러니까 한곳에 정박한, 절대적으로 안전한 집에서…… 여건이 안 되는데도 무리하면서까지 대학에 간 것도 대학 졸업장이 있으면 그런 미래가 더 가깝게, 더 쉽게 손에 잡히리라 믿어서였다. 그건, 선우도 모르는 이야기였다.

선우의 전화가 신경 쓰였다.

육개월 만에 그가 전화한 이유라면 조금은 짐작할 수 있었다. 아마 윤주를 만나야 조금이라도 울분이 풀리는 어떤 상황이 생겼을 것이고, 그 울분은 이번에도 그의 아버지에게서 비롯됐을 것이다. 그의 아버지는 뇌출혈과 알코올성 치매, 하지 마비를 연달아 겪으며 응급실과 입원실, 그리고 요양원을 들락거리게 됐고 그때마다 선우에게는 포기해야 할 것들이 하나씩 늘어갔다. 한여름 공사장에서 쓰러진 그가 응급실에 실려 가는 바람에 윤주와의 제주 여행이 취소된 건 시작에 불과했다. 영상 장비를 사려고 점심값을 아끼며 이년이나 부은 적금통장을, 방송국 공채 시험을, 안정된 연애와 결혼을, 지금 일하고 있는 금속공장에서 벗어나고 싶은 욕망을 그의 아버지는 그 자신조차 모르게 아들의 손에서 하나하나 알뜰하게 제거해갔다. 윤주는 휴대전화를 꺼내 선우의 번호를 한참 동안 들여다봤고, 통화 버튼을 누르기 직전에 액정을 껐다.

윤주는 방송국 피디를 준비하는 대학 내 스터디 모임에서 선우를 처음 만났다. 이상한 건 둘 다 학과 수업과 아르바이트를 병행하느라 따로 만나 커피 한잔 마시지 않았는데도 어느 순간부터 연애가 시작되어 있었다는 거였다. 아마도 그 스터디 모임에서 윤주와 선우만 편의점과 커피숍과 레스토랑 같은 곳에서 아르바이트를 해왔기 때문이었을 것이다. 아르바이트 구인 정보라든지 사업장별로 선호하는 구직자 유형, 혹은 최저시급에서 몇백원이라도 더 챙겨주는 단기 아르바이트 자리를 공유하다보니 서로에 대해 조금씩 알게 됐고 매일 연락하는 사이가 되어 있었다. 한달에 한번 정도는 각자의 주머니를 탈탈 털어 모텔에 가기도 했다. 외로워서였다. 돈 걱정 없이 학점을 관리하고 영어를 배우러 해외에 나가고 비싼 영상 제작 강의를 듣는 스터디 사람들 속에서 그들은 외로웠다. 자꾸만 끈이 풀리는 운동화를 신고 달리기 경기를 하는 것과 같다고, 절대로 아이는 낳지 않을 거라고, 잘 달리고 싶고 잘

달릴 수 있는데도 패배가 결정된 경기를 물려줄 수는 없다고, 다른 선수들이 매끄럽게 달리는 동안 끈을 다시 매기 위해 수시로 주저앉아야 하는 경험을 세대에 걸쳐 반복하는 것만큼 어리석은 짓은 없다고, 비참하다고, 비참하게 이용당하는 것뿐이라고, 침대에 나란히 누운 채 딱 한 개비의 담배를 나눠 피우고 있노라면 선우는 그렇게 끝없이 말을 이어가곤 했다. 가난한 사람들의 유전적 단종이라는 그 화제에 그는 늘 할 말이 많아 보였다. 그때마다 윤주는 4인 가족이니 안전한 집이니 하는 이야기를 꺼내지 않기 위해 그저 담배 연기만 올려다봤다. 그런 속내를 고백해봤자 결론 없는 소모적인 논쟁으로 이어질 뿐이란 걸 알았기 때문이다. 눈앞에서 어른거리는, 기화된 허무 같기만 했던 담배 연기에 마음이 뺏겨서이기도 했다. 그때만큼은 어른이 된 것 같았으니까. 대학에 가면 경제적인 자립이 가능한 진짜 어른이 될 줄 알았는데, 막상 대학생이 되어보니 감당이 안 되는 것투성이였다. 아르바이트를 하며 동생에게 용돈 정도는 주고 싶었지만 특성화고에 들어가면서 이르게 직장에 다니게 된 동생이 오히려 윤주의 교통비를 대줄 정도였다. 강의실과 도서관과 아르바이트 자리를 반복해서 오가다보면 하루가, 한 학기가, 그리고 일년이 흘러가 있곤 했다.

시징, 영등포에서 포구를 찾았나요?

마트에서 나와 양손에 비닐봉투를 쥔 채 왔던 길을 되짚어가며 윤주는 또다시 시징에게 마음속으로 문장을 썼다. 불가능한 장면인 줄 알면서도, 다른 사람들 눈에는 보이지 않는 포구 앞에 서 있는 그의 모습이 자꾸만 상상됐다. 그가 마주 보는 포구가 엽서의 그림처럼 평화롭기를, 손에서 놓쳐버린 탓에 부재하는 풍경 속에 갇혀버린 십년 전 제주의 어느 바닷가와 닮아 있기를, 그러나……

그러나, 그런 곳이 있다고 믿는 희망은 기만적입니다.

시징

먼 훗날 어디선가 영등포라는 이름을 우연히 듣게 된다면 번잡한 도시의 이미지가 가장 먼저 떠오를 거라고, 영등포에 온 뒤로 시징은 생각하곤 했다. 영등포에는 여러 종류의 버스가 다녔고 지하철역과 기차역이 공존했으며 백화점과 쇼핑몰과 지하상가가 있었다. 식당과 술집과 노래방이 골목마다 빼곡했고 다양한 연령대의 수많은 사람들이 대로와 골목골목을 바쁘게 걸어 다녔다. 그러나 그 번잡함이 곧 화려함을 의미하는 건 아니었다. 오히려 서울의 다른 번화가와 비교할 수 없을 만큼 낙후된 분위기가 형성되어 있었는데, 시징의 눈에는 그것이 표면적인 낙후가 아니라 풍경 안쪽에서 스며 나오는 공허한 낙후로 보였다. 대로에서 안쪽으로 조금만 들어가도 낡은 건물들이 즐비했고 길바닥엔 쓰레기며 담배꽁초가 수두룩했다. 난해한 지도 모양으로 바닥에 말라붙은 토사물을 본 날도 있었다. 영등포역에서 멀어질수록 철근 장비나 인쇄기가 돌아가는 소규모 공장이 연이어졌고 난처하게도 불쑥 홍등가가 눈앞에 펼쳐지기도 했다. 하지만 영등포 특유의 분위기는 뭐니 뭐니 해도 노숙인에게서 비롯된다는 게 시징의 생각이었다. 영등포에선 어디에 서 있든 꼭 한명 이상의 노숙인이 시야에 들어왔는데, 그들은 대개 무표정했고 술에 취해 있거나 혼잣말을 하는 모습으로 목격되곤 했다. 거리의 가로수에 괜히 시비를 거는 노숙인이 있는가 하면, 보이지 않는 허공의 잽에 일격을 당한 듯 아무 벽에나 기대앉아 고개를 푹 숙이고 있는 노숙인도 있었다. 밤이 깊어지면 노숙인들은 역사 안으로 집결했고 종이상자나 더러운 담요, 찢긴 신문으로 급조한 허술한 집에서 몸을 작게 만 채 자기 몫의 잠을 잤다. 마치 저마다 세상 끝에 가까스로 매달려 있다는 양…… 한밤중, 노숙인들이

점령한 역사를 가로지를 때면 상한 분유 냄새를 닮은 그들의 체취가 옮겨 번져 오곤 했는데, 이상하게도 그 냄새는 몽롱한 슬픔을 불러왔다.

서울에 온 지 일주일째 되는 날이었다.

홍콩에서부터 시징은 서울의 패션 구역을 홍대를 포함한 신촌 일대, 동대문, 명동, 이태원 그리고 강남역 지하상가와 그 주변, 이렇게 다섯개로 나누어 한 구역에서 이틀씩 사진을 찍기로 계획했고, 오늘은 명동에서 일을 한 뒤 지하철을 타고 이제 막 영등포역에 도착한 참이었다. 시징의 한 손에는 양말과 머플러가 담긴 쇼핑백이 들려 있었는데, 사진을 찍는 그를 발견한 상점 주인이 불쾌해하거나 의심스러워하는 시선을 보내올 때마다 하나씩 구입한 소품들이었다. 개찰구를 지나 저녁을 해결하기 위해 여느 때처럼 정문을 향해 걸어갈 때 귀에 익은 노랫소리가 들려왔다. 에스컬레이터를 타고 지상으로 내려간 순간, 서울에 온 첫날 목격했던 그 정체불명의 집회가 또다시 시야에 들어왔다. 시징은 이번엔 그들을 지나치지 않고 한국과 미국 국기, 대형 십자가로 구성된 그 부조화의 집회를 우두커니 선 채 지켜봤다. 그들 중 가장 나이가 어려 보이는 청년이 시징에게 다가와 무슨 말인가를 건넨 건 무심히 스쳐가는 사람들 속에서 시징 혼자만 집회 주변에 머물러서였을 것이다. 홍콩 사람이라 한국어를 잘 못한다고 시징이 어색하게 웃으며 대답하자 청년은 잠시 주춤하는가 싶더니, 이내 굉장히 느린 영어로 한국의 전 대통령이 무고하게 구속됐다고 말했다. 그는 당신의 나라에 돌아가면 주변 사람들에게 진실을 알려달라는 당부까지 했다. 드디어 집회의 성격이 드러난 셈인데, 시징은 오히려 혼란스러웠다. 그 대통령은 삼년 전, 한국인들의 대대적인 촛불시위로 탄핵됐다고 시징은 알고 있었다. 그 무렵 한국의 촛불시위는 홍콩 언론도 자주 다루어서 퇴근 뒤 아파트로 돌아가 텔레비전을 켤 때마다 관련된 뉴스가 나올 정도였다. 카메라가 촛불로 뒤덮인 서울 거리를 비출 때면 저곳 어딘가에 은철이 있을 것만 같아 시징은 정신을 집중하곤 했는데, 그건 그때의 서울이 은철을 처음 만났던 2014년의 홍콩과 겹쳐져서였다. 텔레비전 뉴스에서 은철을 발견한 적은 없지만, 대신 데이트라도 즐기는 듯한 연인들과 유모차를 끌고 나온 부부, 노래하고 랩하고 춤추는 청년들이 어우러진 유쾌하게 절제된 평화로운 행렬을 시징은 보았다. 그 풍경이 낯익으면서도 부러웠다. 2014년 시위 초반엔 홍콩의 거리에서도 비슷한 풍경을 볼 수 있었지만 경찰이 최루탄을 이용해 강경 진압을 하면서부터 시위대도 폭력적으로 변해갔다. 시위대 내부에서는 폭력적인 저항을 지지하는 쪽과 반대하는 쪽이 분열했고, 78일 동안 이어진 2014년의 혁명은 끝내 실패했다.

"작년에 당신의 나라도 공산주의 때문에 고생을 했죠?"

청년이 물었다. 청년은 중국이 표면적으로 추구하는 공산주의와 한국의 촛불집회를 가능하게 한 국민 개개인의 정치적인 판단과 민주주의를 향한 진심이 같은 선상에 있다고 여기는 듯했다. 그렇다면 홍콩의 자립과 민주주의를 막은 것은 중국입니까, 이곳의 촛불이나 홍콩의 우산처럼 무력한 무기를 들고 광장에 모인 사람들의 마음입니까, 시징은 청년을 똑바로 마주보며 절박하게 묻고 싶은 심정이었다.

2019년은 2014년과 또 달랐다. 홍콩 자치를 요구했던

2014년의 시위에서는 경찰을 붙들고는 아이들을 보호해 달라며 울며 매달리는 중년 여성들의 모습을 볼 수 있었지만 2019년에는 그런 모습이 아예 불가능했다. 위태로운 시절이었다. 일명 송환법이라 불리던 범죄자 인도 수정법안이 발표되면서 일어난 2019년의 시위는 여름과 초가을에 절정을 맞이했고 십일월 반중 정권인 범민주 진영이 구의원 선거에서 압승하며 주춤했다가, 최근엔 대학가와 도심에서 산발적으로 이어지고 있었다. 그사이에 시위는 폭동으로 규정되었고, 누군가는 다쳤고 누군가는 죽었으며 만명이 넘는 사람들이 체포됐다. 체포된 사람들 중 상당수는 십대와 이십대였는데, 그들이 어딘가로 잡혀가 맞고 고문당하고 일부는 증발하듯 사라져버렸다는 소문은 여전히 유효한 암울함으로 홍콩 전체에 퍼져 있었다. 시위에 참여했다는 이유로 사라지거나 죽을지 모른다는 두려움은 2014년에는 제로에 가까운 감정이었다. 사촌형 챙의 말이 떠올랐다. 그는 세상의 큰 흐름을 시위로 막을 수 없다고, 무모한 희생을 감수하기보다 차라리 중국의 지배를 인정한 뒤 차선의 세상을 만들어가는 게 훨씬 더 합리

적이라고 말하곤 했다. 외가 쪽 친척 중에 가장 늦게, 그러니까 홍콩이 중국에 반환된 1997년 이후에 홍콩으로 이주한 챙은 자신을 홍콩인보다는 차이니스에 가깝다고 여기는 듯했다.

"홍콩은 원래 무인도나 다름없던 돌섬이었어. 지금 홍콩을 이루고 있는 건 다 영국이 기반을 만들어준 거라고. 이제 영국도 떠나고 없는 마당에 홍콩이 중국의 도움 없이 뭘 할 수 있겠어?"

단둘이 있을 때면 그런 말도 스스럼없이 하는 챙을 시징은 조용히 증오했지만, 2019년에는 시징 역시 거리에 있는 시간보다 아파트에서 뉴스나 유튜브로 시위의 상황을 지켜보는 시간이 훨씬 더 많았다. 아침에는 간밤의 격렬했던 시위의 흔적—여러 구호가 컬러풀한 래커로 휘갈겨진 벽과 바닥, 시위대의 바리케이드로 이용되었다가 그대로 방치된 공사용 안전 펜스들, 깨진 유리 조각과 보도블록, 경찰의 집요한 채증을 무화시키기 위해 시위대가 망가뜨린 감시 카메라, 물대포가 남긴 파란색 물 자국—을 지나 결근 없이 출근했고, 저녁엔 뿌연 최루가스 속에서 일사불란하게 움직이는 무장경찰들을 피해 탈 없이 퇴근하곤 했다. 주말에 하루 정도는 센트럴로 나가 시위대 속에 섞여 있었고 쇼핑몰 옥상에서 송환법 철회를 요구하며 투신한 한 남자를 추모하러 그 투신 장소에 가서 헌화를 한 날도 있었지만, 그 이상 무엇을 해야 정의와 자유가 실현되는 건지, 아니 정의와 자유의 실체가 무엇인지 시징은 알 수 없었다. 검은색 옷을 입고 마스크와 헬멧, 때로는 고글까지 착용한 채 뛰어다니는 조카 또래의 청년들을 목격하면 애틋하게 미안하면서도 2014년보다 더 격렬해지고 더 광범위해진 시위 풍경에 겁이 난 것도 사실이었다. 증량된 걱정과 두려움만큼 무력감도 커졌고, 시징 역시 그 변화를 모를 수는 없었다.

시징은 결국 청년과 더이상의 말을 섞지 않은 채 굳은 얼굴로 돌아섰고 천천히 걷기 시작했다. 식당과 술집이 길게 이어진 골목으로 들어서자 온갖 음식 냄새가 밀려들면서 허기를 일깨웠지만 발길은 좀처럼 멈춰지지 않았다. 기억이 났기 때문이다. 아니, 그날의 기억은 늘 시징의 등 뒤에 시뮬레이션 화면처럼 준비되어 있었고 시징은 언제라도 시간의 막을 뚫고 그 안으로 들어갈 수 있었다.

2014년 가을, 시징은 여느 주말처럼 애드미럴티 역부터 센트럴까지 이어진 천막 사이를 걸으며 사람들에게 생수를 나눠주다가 갑자기 눈앞에서 터진 최루탄에 주저앉고 말았는데, 그때 시징의 몸을 일으켜 세운 뒤 최루탄 연기가 덜 미치는 쪽으로 끌고 간 사람이 바로 은철이었다. 그런 상황에 대비해서 시징도 다른 사람들처럼 우산을 챙겨 갔지만 펴보지도 못한 우산은 이미 사라지고 없었다. 사지가 뒤틀리는 거친 기침이 한차례 지난 뒤 고개를 들자 은철이 걱정스러운 얼굴로 자신을 내려다보고 있었다. 생애 끝 임종의 날에 의식이 끊기기 직전까지 붙들고 있을 얼굴이라고, 그 순간 시징은 겁도 없이 예감했다. 그날 시징은 홍콩에서 가장 유명한 딤섬 식당에 은철을 데려갔다. 저녁 무렵부터 비가 내렸던 시월의 둘째주 토요일이었다.

"우리 아버지가 완전 꼰대거든요."

식당에서 은철은 꽤 유창한 영어로 그렇게 말을 꺼냈다.

"여기 상황이 하도 궁금하대서 내가 쇼핑도 포기하고

며칠간 센트럴에 나가 사진 찍어 보내줬더니 비웃더라고요. 꼰대는 아주 스펙터클한 장면을 기대했나봐요. 천안문 때처럼 말이에요."

비밀이라도 누설하듯 은철은 낮아진 목소리로 이어 말했고, 천안문 때는 장갑차가 사람도 막 깔고 지나갔다면서요, 아니에요? 시징의 대답을 기다리지 않은 채 맥주 거품이 묻은 입술로 묻기도 했다.

"우리 꼰대가 1980년대에 대학을 다녔거든요. 뭐, 본인 말로는 조국의 민주화를 위해 그때 화염병 좀 던졌다고 하더라고요. 근데 웃긴 게 뭔지 알아요? 꼰대가 지금은 정부기관에서 일한다는 거예요. 불법과 합법 사이에서 아주 요령껏 살고 있다고 할 수 있죠. 헤이……"

"……"

"헤이, 어느 시기가 지나가면 사람은 다 똑같아진다고 나는 생각하는데, 어때요, 그쪽도 나와 생각이 같아요?"

원래의 성량으로 돌아와 그렇게 묻는 은철에게 시징은 이번만큼은 제대로 대답하고 싶었다. 대답할 기회는 없었다. 시징이 속으로 할 말을 고르고 있는 동안, 은철은 그새

화제를 바꿔 홍콩에서 가본 식당들과 한국 음식에는 없는 향신료에 대해 떠들기 시작했고 시징은 맥락 없이 떠들어대는 은철을 지켜보는 게 어느 순간부터 즐거워졌다. 그 식사가 끝날 즈음, 그리고 시징은 사랑에 빠져 있었다. 그것이 옳은지 옳지 않은지를 판단할 새도 없었다.

은철에게 말한 적은 없지만, 은철은 시징에게 사랑의 시작과 끝을 모두 알게 해준 유일한 사람이었다. 한번도 커밍아웃을 해본 적 없는 시징은 주변 사람들에게 연애와 결혼에 관심이 없는 별나게 무욕적인 부류로 인식됐고, 언제부터인가 그 평판은 그대로 시징의 삶이 되었다. 무서워서였다. 세상에 자신의 정체성을 밝히고 애인을 찾는 것이나 그 애인에게서 합당한 애정과 존중을 받는 것에 시징은 자신이 없었다. 어쩌면 사랑은 매 순간 진지해야 하며 세상의 모든 속물성과 싸우는 초월적인 것이라고 여겼기 때문인지도 몰랐다. 은철을 만나면서부터 시징은 식탁에 마주 앉아 함께 요리한 음식을 나눠 먹고 서로의 몸을 만지며 잠드는 하루하루만으로도, 그러니까 열망이나 격정 없이도 사랑이 완성될 수 있다는 것을 배우게 됐다.

그것만으로, 사랑의 경험만으로도 충분할 줄 알았다. 한번만, 단 한번만이라도 사랑을 하게 된다면 그 추억이 보호막이 되어 덜 다치고 덜 부서지며 살아갈 줄 알았는데, 막상 그 사랑이 끝나고 나니 생애는 사랑의 경험이 없을 때보다 훨씬 더 지루한 연극이 되어버렸다. 그 연극의 유일한 관객은 은철이었다. 아니, 은철은 어디에도 없었다. 시징은 다만 은철이 객석에 앉아 있다고 가정하며 텅 빈 무대에 서서 육년째 사랑을 잃은 자의 역할에 충실해왔을 뿐이다. 과거 속에서 현재를 산다는 은철의 진단은 정확했던 셈이다.

진저리가 날 정도로 정확했다.

빗방울이 콧등에 떨어졌다. 차가운 촉감의 비였고 비가 배태된 대기도 차가웠다. 빗방울은 금세 후드득, 소리를 내며 시징의 머리칼과 어깨와 손등으로 떨어졌지만 시징은 차양 아래로 피할 생각도 없이 주변을 두리번거리며 걷고 또 걸었다. 찾고 있는 것이다. 애초에 영등포에 숙소를 잡은 것이나 일을 마치면 늘 영등포로 돌아와 식사를 핑계로 사람이 많이 모이는 곳만 골라 다닌 것, 그건 모두 은철과의 우연한 만남을 기대해서였을 테니까. 믿지 않으려 애썼지만 믿을 수밖에 없어서 믿게 된 우연…… 저 수많은 식당 중 어딘가에 은철이 앉아 있을 것만 같은데, 홍콩과 홍콩의 거리들, 그리고 홍콩에서 잠시 살았던 아파트와 그 아파트를 가득 채웠던 잡동사니에 대해 쉼 없이 떠들고 있을지도 모르는데, 대체 어느 문을 열어야 그 장면이 펼쳐지는 것인지, 그러나 시징은 도무지 알 수 없었다. 멀리서 어렴풋이 기차 소리가 들려오는 듯했다. 그러고 보니 기차역과 포구는 출발과 도착이 공존하는 장소라는 점에서 같았다. 떠나면서 돌아오는 장소는 시징의 삶에서는 은철이니, 영등포는 곧 은철의 은유가 되는 것이다. 모퉁이가 나왔다. 모퉁이를 돌기 전, 시징은 잠시 걸음을 멈추고 크게 숨을 들이켰다. 여전히 시징이 기댈 수 있는 건 희박한 가능성의 우연, 그뿐이었다.

미정

천막촌에서는 자유 발언과 인디 가수의 무대가 포함된 촛불문화제가 새벽까지 이어질 예정이었다. 활동가들이 오랫동안 준비하며 기다려온 행사였지만 천막촌 분위기는 어제보다, 어제의 어제보다 가라앉아 있었다. 어제는 이십일 넘게 단식을 이어오던 활동가가 응급실에 실려갔고, 그제는 천막촌 두 동에 전기가 끊겼다. 전기 공급 중단 조치는 도청이 조만간 천막촌을 기습적으로 철거할 거라는 소문에 살과 뼈를 붙이는 중이었다. 난민인권센터와 연대하여 예멘 사람들의 자립을 위해 장터를 열었던 활동가 일부가 행인들로부터 힐난뿐 아니라 욕설까지 들은 것도 그제의 일이었다. 난민일 뿐 범죄자도 테러리스트도 아니라고, 이곳에서 함께 노동하고 살면서 세금을 낼 준비가 되어 있는 사람들이라고 아무리 설명해도 소용없었다고 했다. 장터에 참여했던 대학생 활동가는 이런 말도 덧붙였다. 활동가와 행인 사이에 몸싸움이 날 뻔했다고, 마음 약한 활동가들, 특히 보경 언니의 상심이 컸다고, 다들 속상해서 팔다 남은 술을 조금씩 나눠 마셨는데 보경 언니가 갑자기 너무 서럽게 울어서 깜짝 놀랐다고도. 작년 가을, 제주에 내려오고 며칠 지나지 않아 천막촌에 중년 남자가 찾아온 적이 있었다. 한 아이의 아버지였던 그는 아이 생일을 맞아 혼자 팽목항으로 내려와 제사를 치른 뒤 제주 천막촌을 방문했던 것이다. 처음엔 그가 누구인지 아무도 몰랐다. 라면이니 생수를 잔뜩 렌터카에 실어 온 그는 제주의 활동가를 지지하는 시민 중 한 사람으로 여겨졌을 뿐인데, 그에게 다가가 말을 걸었던 보경 언니가 갑자기 통곡하듯 눈물을 터뜨리는 바람에 곧 그가 누구인지 밝혀지게 되었다. 그제 장터에서도 보경 언니는 그렇게 울었을 것이다, 살갗과 내장을 태워버릴 것 같은 그 슬픔의 자세……

“근데 보경 언니가 보경이를 부르면서 울던데, 언니는 보경이가 누구인지 아세요?”

대학생이 문득 생각났다는 듯 돌아서려는 미정에게 물었다. 그녀는 천막촌에 합류한 지 한달밖에 되지 않아서 보경 언니의 사연을 아직 모르는 모양이었다. 미정은 보경 언니 이외에는 아무도 그 이야기를 대신 전할 수 없다고 대답했고, 대학생도 미정의 의도를 이해했다는 듯 더 묻지 않았다.

미정은 누군가의 자유 발언을 흘려들으며 활활 타오르는 초만 하염없이 내려다보다가 천천히 고개를 들었다. 대각선 앞에는 보경 언니가 앉아 있었다. 그녀의 실루엣은 허물어졌다가 가까스로 복원되길 반복하고 있었고, 그건 미정 눈에만 보이는 한 사람의 온전한 불안이었다. 밤 열시, 그녀가 지난 몇년 동안 하루도 빼놓지 않고 술을 마시던 시간이었다.

보경 언니를 처음 만난 건 십년 전, 모의재판이 있던 그 해였다.

모의재판이 끝난 뒤 미정은 한동안 학과 수업에 집중하지 못했고, 겨울방학이 시작됐을 땐 바로 제주로 여행을 떠났다. 그때 미정이 갈 수 있는 서울에서 가장 먼 곳이 제주여서 제주를 선택한 것일 뿐, 제주와 특별한 인연이 있었던 건 아니었다.

제주에 도착하고 처음 일주일은 내내 걷기만 했다. 아침부터 저녁까지 끊임없이 걸었고, 어두워질 무렵에야 숙소로 돌아가 그날 발바닥에 새로 생긴 물집에 연고를 바르곤 했다. 그러는 사이 로스쿨 진학이라든지, 그때만 해도 제도적으로 남아 있던 사법고시를 포기하기로 마음을 굳혔다. 아니, 제주에선 그저 포기한 꿈에 더이상 미련을 갖지 않는 연습을 했던 건지도 모르겠다. 법정에 설 자신이 없었다. 모의법정에서 받은 충격이 희석되거나 망각될 리 없다는 건 누구보다 미정이 잘 알았다. 훗날 진짜 법정에서 옳다고 믿는 것을 끝까지 변호하거나 확신하지 못하는 자기모순과 마주한다면, 미정은 재학 시절의 모의법정을 떠올리며 절망적인 회의에 빠질 것이고 그런 상황을 오래 견디지도 못할 터였다. 돌이킬 수 있는 것은 없었다.

아버지의 딸로 태어난 것을 취소하거나 번복할 수는 없으므로. 그건 탄원도 항소도 불가능한 판결이니까. 아무리 무죄를 주장해도, 아니 무죄가 명백한데도 영원히 패소할 수밖에 없는 소송…… 이상하게도 그때는 사법고시 준비에 드는 비용이든 로스쿨 학비든 경제적인 문제들을 감당할 처지가 안 된다는 현실적인 이유는 중요하게 여겨지지도 않았다.

미정이 제주 남쪽의 길 위에서 동일한 박자에 맞춰 무릎과 팔꿈치, 이마를 바닥에 닿게 하는 불교식 절을 올리는 사람들과 맞닥뜨린 건 여행이 막바지에 이르렀을 때였다. 절을 하던 사람들 중에는 미정을 유심히 보던 중년 여성도 있었는데, 그녀가 바로 보경 언니였다. 그녀는 커다란 배낭을 메고 천이 해진 운동화를 신은 채 주변을 머뭇거리던 미정에게 다가오더니 함께하자고 무람없이 말을 건넸다. 여행자일 뿐이라고 대답하며 미정이 쑥스러워하자 이 행성에 여행자 아닌 사람이 있느냐는 질문이 되돌아왔고, 그 담백한 말에 미정은 여행 일주일 만에 처음으로 웃을 수 있었다. 한시간에 백배씩 하루 천배를 채우고,

다시 한달 동안 삼만배를 완성하는 긴 여정 중에 있다고, 해군기지 건설을 막는 것, 평화를 지키는 것, 그것이 여기 모인 사람들의 바람이라고. 미정이 사람들을 흘끗거리며 어설프게나마 절 동작을 따라하는 동안 그녀의 설명이 이어졌다. 연한 입김이 짙어지면서 등허리가 땀에 젖어가기 시작했다. 미정은 어느새 절이라는 행위 그 자체에 완전히 몰두하게 됐고, 자신과의 싸움에서 알게 모르게 부상당한 상흔을 잠시나마 잊을 수 있었다.

그 단순함이 좋아서였을 것이다. 그날부터 강정에 삼일 연속 머물며 하루 열시간 이상씩 길 위에서 절을 한 것이나 밥차가 오면 식판에 밥과 국, 반찬을 받아와 보경 언니와 무릎을 맞대고 앉아 밥을 먹은 것은. 서울로 올라가던 날, 공항까지 따라온 보경 언니가 공항 로비 벤치에서 보경에 대해 처음으로 말해주었다. 중학생 때 제주로 캠프를 왔다가 숙소가 무너졌다고, 재판을 수십번 했지만 숙소 부실공사를 책임지는 사람이 없었다고, 아무도 보경에게 진심으로 사과하지 않았다고…… 그녀는 이전의 평범했던 삶으로 돌아갈 수 없었다. 살기 위해서, 살아서 보경을 기억하기 위해서 그녀는 뭐라도 해야 했다. 남편과 아들을 서울에 남겨둔 채 혼자 제주로 내려와 살기 시작했고, 제주의 모든 난개발 현장에 나타나 피켓을 들었고 스크럼을 짰고 단식을 했다.

언제까지라도,라고 공항에서 그녀는 말했다.

"언제까지라도 난 이 일 할 거야. 나중에 우리 보경이가 엄마 자랑스럽다고 칭찬해주면 돼. 난 그걸로 돼."

언제까지라도……

미정은 여전히 실루엣이 흐트러지는 보경 언니의 뒷모습에서 시선을 떼지 못한 채 나직이 중얼거렸다.

언제까지라도 붙들고 싶었던 것이 무엇이었던가, 내게는.

미정은 손에 든 촛불을 이내 바닥에 내려놓고는 자리에서 일어났다. 가까운 편의점에서 맥주 두 캔과 소주 한병을 샀고 식당으로 사용되는 천막으로 들어가 선반에서 빈 텀블러를 꺼냈다. 텀블러에 맥주와 소주를 적당히 섞어 붓는 동안 다행히 천막을 들춰보는 사람은 없었다.

법을 잘 모르거나 법의 보호를 받을 만한 여건이 안 되는 사람들, 가령 직장에서 다쳤거나 병을 얻었는데도 산업재해를 인정받지 못한 노동자라든지 성폭력 가해자의 위증으로 학교나 직장에서 배제된 여성들, 혹은 친척이나 지인에게 지원금을 갈취당한 지체장애인들에게 적절한 소송 절차와 방법을 알려주는 그 일이 미정에게는 언제까지라도 붙들고 싶었던 무언가였을 것이다. 미정은 기부금을 관리하는 일이나 정기 기부자들에게 세액공제를 안내하는 행정적인 업무도 즐겁게 했고, 주말에 따로 과외 아르바이트를 해야 할 정도로 형편없는 급여를 받으면서도 일을 그만둘 생각은 해본 적이 없었다. 적어도 문영이 나타나기 전까지는 그랬다.

미정의 세계로 들어온 문영은 미정에게 묻고 또 물었다. 법정에서 변호사나 검사, 판사로 불리고 싶은 욕망이 남아 있지 않느냐고, 인권법재단에서 간사로 일하는 건 소수와 약자 편에 서겠다는 신념 때문이 아니라 그저 대리만족 때문이 아니냐고, 아버지의 군인으로서의 비인간적인 행위—심지어 제대로 확인한 적 없고 확인할 용기도 없는 그 상상의 행위—가 꿈을 포기하게 했다는 희생적인 믿음이 필요했던 것은 아니냐고도……

목소리 없이 문영은 계속해서 물었고 미정은 그 어떤 질문에도 대답을 내놓을 수 없었다.

평등한 업무 파트너이자 사이좋은 대학 선배인 양 굴면서도 미정은 아무도 모르게 문영이라는 거울을 통해 자신의 결핍감을 바라봤던 셈이다. 텅 빈 풍경을 닮은 결핍감이 아니라 금세 폭발할 것처럼 안이 꽉 차 있는 결핍감이었다. 미정은 혼자서만 심장이 터질 듯 달려야 하는 경기가 지겨웠지만 그 무형의 경기장은 미정의 마음에서 붕괴되지 않았다.

그러다가 그 사건이 터졌다. 성소수자라는 이유로 군대 내에서 크고 작은 폭력에 시달렸다는 K병사를 도와 군을 상대로 손해배상 청구를 준비하고 있을 때, K가 파트너라고 주장했던 또다른 병사가 실은 K에게 강제로 성추행을 당한 거라고 군인권센터에 신고를 한 것이다. K는 소송을 포기했고 휴가를 나와서는 자해까지 시도했다. 미정은 도무지 일에 집중할 수 없었다. 둘 중 한 사람이 거짓말을 하고 있다는 건 분명했지만 어느 쪽의 거짓도 들추고 싶지 않았다. 무엇이 옳은 것인지 갈피를 잡을 수 없게 되자 세상에서 가장 쓸모없는 일을 하고 있다는 생각이 밀려오기 시작했다. 결국 미정은 K병사 일이 있고 한달 만에 인권법재단에 사직서를 내게 됐다.

부서지기 쉬운 구조물 위에 집을 지은 신념……

퇴사하고 처음 얼마간은 출소한 사람마냥 자유를 느꼈다. 집밖으로 거의 한발짝도 내딛지 않는 폐쇄된 동선은 의식하지도 못한 채였다. 재단 사람들에게 했던 말, 더이상 출근할 곳이 없으니 친구들도 만나러 다니고 여행도 하겠다던 미정의 그 말은 허언이 되어버린 셈이었다. 집에서 두문불출하자 집 안 곳곳에는 금세 쓰레기가 쌓여갔다. 쓰레기가 쌓여가는 속도가 하도 빨라서 그 과정을 계속 지켜봐온 미정조차 놀랄 정도였다. 집이 이렇게 빨리 쓰레기로 뒤덮일 수 있다는 것에, 언제라도 쓰레기가 될 수 있는 인생이었다는 것에, 미정은 때때로 웃음이 났다. 궁금하기도 했다. 그 끝을 확신할 수 없는 신념은 애초에 갖지 않아야 자신을 지킬 수 있는 것일까. 어째서 고민을 거듭하고 애쓰며 투신할수록 생애는 엉망이 되는 것인지,

미정은 진심으로 궁금했다.

그 무렵 보경 언니의 전화를 받았다. 이전에도 간간이 이메일이나 문자메시지는 주고받았지만 그녀가 직접 전화를 걸어 온 건 드문 일이었다. 전남편에게 양육비 청구 소송을 하려는 동료 활동가에게 S인권법재단을 소개해주었는데, 재단에서는 미정이 퇴사했다고 하니 보경 언니도 적잖이 당황했던 모양이다. 함께하자고, 미정이 퇴사 과정을 간단히 설명하자 보경 언니는 그때도 그렇게 말했다. 직장에 매인 게 아니라면 제주에 내려와 함께 활동해보자고, 부담 갖지 말고 휴가라고 생각하고 내려오면 된다고, 사뭇 산뜻한 목소리로 그녀는 이어 말했다. 미정은 처음엔 그 제안을 거절했지만, 지인이 외국에 나가게 되면서 제주 집을 관리해줄 사람을 찾고 있다는 그녀의 또다른 전화를 받았을 땐 마음이 흔들렸다. 며칠 뒤 미정은 자리에서 일어나 집주인에게 계약 해지의 뜻을 전했고, 큰맘 먹고 청소대행업체도 불렀다. 쓰레기를 모두 처리해준 초로의 남자가 마지막 쓰레기봉투를 들고 나가면서 미정에게 정신과 상담을 권했을 때에야 미정은 자신이 그 집을 일종의 속죄양으로 대했다는 걸 깨달았다. 집에서 훼손되는 시간이 마땅한 결과라는 듯, 현재를 절박하게 방치하는 것이 보속이라도 된다는 듯. 미정에게는 제주가 일종의 도피처였던 셈이다. 제주에 온 윤주가 어쩌다가 공항에 관심이 생겼느냐고 물었을 때 미정은 하마터면 관심이 없으면 안 되냐고 되물을 뻔했다.

신념 없는 활동가로 사는 것이 나쁜 거냐고……

텀블러를 들고 천막에서 나간 미정은 하염없이 무대를 올려다보는 보경 언니 곁으로 갔다. 미정 쪽을 본 그녀는 미소를 지어 보이긴 했지만 꾹꾹 누른 서운함은 그대로 전해졌다. 미정은 곧 그녀에게 텀블러를 건넸고 내용물을 파악한 그녀는 당혹감을 숨기지 못한 채 커다래진 눈으로 미정을 바라봤다.

그녀의 입김이 진해지더니 이내 사방으로 흩어졌다.

"선물이에요."

미정의 말에, 어둠 속 보경 언니의 얼굴이 그제야 가까스로 환해졌다.

생일을 축하해.

보경 언니가 텀블러 뚜껑을 조심스럽게 열어 한모금 마시는 모습을 지켜보며 미정은 속으로 속삭였다. 어렴풋이 기억이 났던 것이다. 일월과 이월 사이, 예정일보다 이주나 이르게 보경을 낳아서 그 무렵엔 유독 그 애가 생각난다는 말이. 어쩌면 어제는 보경의 생일이었는지 모른다. 물론 어제가 아닐 수도 있지만, 상관없었다. 하나의 생명이 이 행성을 처음 방문한 그 날짜는 언제까지라도 사라지지 않을 테니까.

윤주

미정이 아프다.

죽을 끓이기 위해 냉장고에 남아 있던 야채와 돼지고기를 꺼내 손질하면서 윤주는 수시로 미정이 누워 있는 방 쪽을 살폈다. 나흘 전 자정 무렵에야 미정을 부축하며 집까지 데려다준 두명의 활동가들은 아무래도 미정이 갈비뼈를 다친 것 같으니 곁에서 잘 지켜보다가 통증이 심해지면 바로 연락해달라며 전화번호를 남기고 갔다. 다음날부터 미정은 천막촌에 나가지 않은 채 방에만 머물렀고, 활동가들이 찾아오면 현관에서 인사만 나눈 뒤 돌려보내곤 했다. 활동가들 구성은 대개 바뀌었지만 중년 여성 한명은 하루도 빠지지 않고 방문을 했는데, 윤주가 느끼기에 미정은 그녀를 볼 때 특히 피곤해하는 기색이 역력했다. 미정이 다친 뒤로 윤주는 마음이 편하지 않았다. 먹거나 씻거나 화장실을 이용하기 위해 침대에서 일어나 걸음을 옮기는 미정을 지켜보는 건 특히 괴로운 일이었다. 이동할 때마다 왼쪽 옆구리를 손으로 감싸는 모습에서 통증이 꽤 크다는 것을 짐작할 수 있었기 때문이다.

미정에게 말하지 않았지만 나흘 전 그 현장엔 윤주도 있었다.

미정이 촛불문화제로 철야집회를 한다며 귀가하지 않은 다음 날, 윤주는 햄과 토마토를 넣은 샌드위치를 만들어 도청 가는 버스를 탔었다. 활동가는 미정의 새 직업일까. 버스 안에서 윤주는 문득 궁금해졌다. 계약서와 사무실 그리고 분명 급여도 없을 그 일을 직업이라 불러도 되는 것일까. 윤주는 알 수 없었다. 그때껏 미정은 제주까지 내려와 새 공항 반대에 투신하게 된 이유나 과정에 대해 아무런 이야기도 해주지 않았고 윤주도 구체적으로 묻지 않았다.

버스에서 내렸을 땐 부슬비가 내리고 있었다.

가방을 뒤져봤지만 우산은 없었고, 대신 틈날 때 읽으려고 챙겨 온 시사 잡지 한권이 보였다. 시끄러웠다. 잡지로 대충 머리를 가린 채 제주도청 쪽으로 빠르게 다가가는데, 여러 소음이 합쳐진 웅성거림이 조금씩 크게 들려왔다. 도청 앞에 도착하자 그 소음은 쫓아내려는 사람들과 버티려는 사람들의 마찰에서 빚어졌다는 걸 바로 파악할 수 있었다. 회색 점퍼를 입은 경찰들과 목장갑을 낀 남자들은 천막을 철거하는 중이었고, 조금 전까지 천막 안에 있었을 사람들은 몸으로 그들을 막고 있었다. 바닥에는 반대, OUT, 철수 같은 문구가 적힌 팸플릿과 노란색 현수막, 부서진 안경과 납작해진 운동화 한짝과 찢긴 우비가 한데 엉켜 있었다. 평화집회를 보장하라며 반복적으로 외치는 목소리, 고함과 비명, 호루라기 소리와 기자들이 눌러대는 카메라 셔터 소리가 그 모든 소란을 에워쌌다.

도청 정문은 통제되고 있었으므로 윤주는 도청 안으로는 들어가지 못한 채 일단 눈으로 미정을 찾았다. 미정은 현관으로 이어지는 계단 위에서 몇명의 사람들과 팔을 엮은 채 서 있었는데, 우비의 모자가 벗겨져 얼굴이 온통 빗물에 젖은 상태였다. 마침 점심을 먹으러 나온 사무원 몇 명이 윤주 옆으로 오더니 윤주처럼 뒤꿈치를 들어 도청 안을 건너다보기 시작했다. 그때 그들의 대화를 듣지 않았더라면 윤주는 아마도 미정의 안전을 살피기 위해 좀 더 오래 그 자리를 지켰을 것이다. 소란이 진정되면 미정에게 다가가 샌드위치를 건넸을 것이고 따뜻한 커피 한잔도 사다주었을지 모른다. 육지 것들이 와서 제주의 발전을 막고 있다고, 새 공항이 들어서면 관광객도 늘고 땅값도 오를 텐데 그걸 배 아파하는 거라고, 어디에서 돈 받고 저러는 건지도 모른다고, 시위꾼이라고, 하는 일 없이 훼방만 놓는 시위꾼들일 뿐이라고 그들 중 누군가는 말했고 누군가는 거들었다. 제주 방언이 조금씩 섞여 있는데도 그들의 말이 정확하게 전달되고 말 속의 감정까지 바로바로 해석된다는 게, 무엇보다 서피디와 최아나운서의 웃음소리가 그 대화의 뒤편에 배음처럼 깔려 있다는 게 윤주는 당혹스러웠다.

윤주는 곧 돌아섰다. 얇은 잡지가 쓸모없을 정도로 그

새 빗줄기는 굵어져 있었지만 우산을 사야겠다는 생각은 할 겨를도 없었다. 그저 최대한 도청에서, 아니 가상의 확성기를 통해 울려 퍼지는 그 웃음소리로부터 벗어나고 싶다는 맹렬한 마음뿐이었다. 다시 버스를 타고 중문 집으로 돌아와선 반찬통에서 샌드위치를 꺼내 물도 없이 꾸역꾸역 먹어치운 뒤 샤워를 했고, 밤까지 긴 잠을 잤다.

죽은 다 익어 있었다. 미정이 누워 있는 방문을 두드리자 잠시 뒤, 미정은 어제보다 더 해쓱해진 얼굴로 방문을 열어주었다. 죽을 끓여놓았다는 윤주의 말에 미정은 힘겹게 웃어 보였고 예의 손으로 왼쪽 옆구리를 짚은 채 한발한발 식탁에 가서 앉았다.

"병원엔 왜 안 가보니?"

아주 느린 속도로 죽을 떠먹는 미정을 건너다보던 윤주가 답답함을 참지 못하고 그렇게 물었을 때 미정은 고개를 들지 않은 채 대답했다.

"의료보험료가 체납됐어."

무심한 말투였다. 너무도 무심해서 하마터면 윤주는 아무런 쓸쓸함 없이 제 몫의 죽을 마저 떠먹을 뻔했다. 윤주가 모든 움직임을 멈춘 채 두 눈만 끔뻑이고 있는 사이 걱정 말라고, 미정이 이어 말했다.

“활동가 중 한명이 정형외과 의사를 소개해준댔어. 이번 주 안에 진료받을 수 있을 거야.”

화가 났다. 갑작스러운 두통을 동반할 정도로 순간적으로 치밀어오르는 화였다. 그곳에 더 있다가는 무슨 대단한 일을 한다고,라고 쏘아붙이기라도 할 것 같아 오히려 그게 걱정될 지경이었다. 어쩌면 도청에서 엿들었던 사무원들의 대화를 함부로 떠벌릴지도 몰랐다. 여기 사람들은 새 공항을 반긴다고, 그거 막는다고 대체 누가 좋아하는 거냐고, 시위꾼이라는 말을 듣고 있는 건 아느냐고, 얼굴이 빨개지도록 따질 수도 있었다.

“바람 좀 쐬고 올게.”

윤주는 이내 의자를 소리 나게 뒤로 밀치며 자리에서 일어났고 끝까지 미정의 시선을 피한 채 휴대전화와 외투만 챙겨 급하게 운동화를 찾아 신었다.

무작정 걸었다. 걸으면서, 미정과 지난 일년 동안 연락이 끊겼던 진짜 이유는 따로 있다는 것을 어렴풋이 깨달았다. 이전까지는 그저 각자 고투해야 하는 직장과 인간 관계 때문에 자연스럽게 멀어진 것뿐이라고 여기고 말았지만 곰곰이 생각해보니 꼭 그렇지만은 않았다. 언제부터인가 윤주에게 미정은 고난을 자처하는 고행자처럼 보이곤 했는데, 아마도 미정이 재단 일을 시작하면서부터 그랬을 것이다. 미정에게서 재단을 찾아오는 가난하고 기댈 데 없고 억울한 사람들의 사연을 듣는 것이 윤주는 때때로 불편했다. 아니, 매번 불편하기만 했다. 충분한데, 자신뿐 아니라 부모님이든 동생이든 선우든 하나같이 제대로 누리지 못했다는 걸 떠올리면 충분히 괴로운데, 더 절박하고 더 고립된 사람들까지 걱정하고 연민하는 건 힘에 부쳤고 자신에게는 그럴 자격이 없다는 생각도 들었다. 윤주가 불편해하는 기색은 무심결에 드러났을 것이고 그럴 때마다 미정은 어떤 벽에 대해 생각하곤 했을 것이다. 윤주를 만나고 혼자 집으로 돌아가서도 신발을 벗다 말고, 냉장고 문을 열어놓은 채, 침대에 누워 책을 읽으며 그 벽에 대한 생각은 이어졌을지 모른다.

한참을 걸은 듯했지만 윤주는 멀리 가지 못했다. 더 걷는 것도 무의미했다. 제주에선 딱히 갈 곳이 없는 데다 지금 당장 제주를 떠날 수 있는 상황도 아니었다. 윤주의 방에는 아직 시징이 머물고 있었고 사회생활 이년 만에 도피하듯 결혼한 동생은 벌써 둘째 아이를 임신 중이었기 때문에 신세를 질 형편이 아니었다. 백부의 집에 얹혀사는 부모님에게는 윤주가 가고 싶지 않았다. 윤주는 휴대전화를 꺼내 여전히 부재중전화 목록에 떠 있는 선우의 이름을 물끄러미 들여다봤다.

기억이 났다.

십년 전, 제주로 떠나기 이틀 전, 편의점에서 아르바이트를 하다가 선우의 전화를 받은 윤주는 교대 시간이 되자마자 바로 병원으로 달려갔다. 병원에 도착하니 선우는 접수대 창구 앞에서 직원과 가벼운 실랑이를 벌이는 중이었다. 응급실에 실려 온 아버지를 당장 중환자실로 옮겨 달라는 선우의 요구에 직원은 유일한 보호자가 아직 학생이니 연대보증인이 필요하다며 맞서는 상황이었다. 그날 선우의 아버지는 결국 중환자실로 옮겨 가지 못했다. 윤주는 지금도 선우가 이곳저곳에 전화를 걸었다가 끊기를 반복하던 모습과 어둑해지고 인적이 끊긴 접수대 앞 벤치에 앉아 두 팔로 머리를 감싼 채 흐느끼던 모습을 바로 어제 일인 듯 기억하고 있었다. 철컹, 그의 앞으로 무거운 쇳소리를 내며 셔터 하나가 내려온 것마냥 선우가 안타까울 정도로 고립돼 보였다는 것도. 물론 그때는 그후 연쇄적으로 이어질 동심원 모양의 불행을 짐작조차 하지 못했다. 그날로부터 일년이 지난 어느 날, 선우에게서 방송국 피디나 영상 제작자가 아니라 최소한의 의료비를 지원받을 수 있는 기초생활수급자가 진짜 꿈이 되어버렸다는 자조적인 말을 듣게 되리란 것 역시 적어도 그때는 상상하지 않아도 되었다. 상상한 것 이상으로 놀랄 일은 차고 넘치게 일어났다. 휴학과 입대, 그리고 제대와 또다른 휴학을 지나 졸업을 하게 된 선우가 금속공장의 관리직으로 채용됐다고 알렸을 때, 윤주는 오히려 담담했다.

통화 버튼을 누르고 몇번의 신호음이 지나가자 무턱대고 통화가 연결됐다. 일하던 중에 전화를 받았는지 여보세요, 말하는 선우의 목소리에 금속을 자르고 붙이고 다듬는 기계음이 딸려왔다. 두 사람이 번갈아 여보세요를 반복한 끝에야 기계음은 조금씩 엷어져갔고, 이내 뜻밖의 소식이 윤주에게 전달됐다.

"아버지가 돌아가셨거든. 그날, 전화한 날……"

순간 윤주는 내쉬는 숨마저 불경하게 느껴져 흡, 하며 입술을 닫았고 한참 후에야 미안하다고 말했다.

"미안해, 몰랐어……"

"나도 얼결에 장례 치렀는데, 뭐."

"……"

"윤주야."

그가 불렀다. 그는 윤주야,라고 불렀을 뿐인데도 윤주는 목마름을 일깨우는 비바람이 온몸을 관통한 것 같은 반가운 통증을 느꼈다.

"……윤주야, 네가 명복을 한번 빌어줄래?"

선우의 부탁에, 윤주는 그가 눈앞에 있다는 듯 연신 고개를 끄덕였다.

선우의 아버지를 만난 건 딱 한번이었다. 그가 아직 건강하던 시절, 윤주는 선우와 함께 그의 집 근처 공원에서 산책을 하다가 그와 마주쳤다. 그가 들고 있던 편의점 봉

투에는 소주 두병과 새우깡 한봉지가 담겨 있었다. 선우가 당황한 목소리로 여자친구라고 윤주를 소개하자 그는 숫기 없는 소년처럼 얼굴을 붉히며 고개만 까딱하고는 아들과 아들의 여자친구 곁을 빠르게 지나갔다. 아버지가 너를 아주 맘에 들어하더라. 네가 곱대. 다음 날 선우는 전화로 알려줬고 윤주는 난생 처음 들어보는 '곱다'라는 표현에 괜히 웃음이 났다.

명복을 빈다고, 잠시 뒤 윤주는 담담히 말했다. 휴대전화 저편에서는 이내 가는 한숨 소리가 들려왔다. 선우가 지금 있는 곳은 공장 뒤편인지 이번엔 지나가는 새의 날갯짓 소리가 윤주의 세계로 딸려 들어왔고 윤주는 잠시 그 소리에 귀를 기울였다. 고마워, 대답해놓고 선우는 또다시 연거푸 중얼거렸다. 고맙다, 정말 고맙다…… 울먹거리는 목소리로 전한 두번째 인사는 딱히 대상이 없다는 걸, 윤주는 알 수 있었다. 통화는 곧 종료됐다. 만나자거나 다시 연락하겠다는 말은 생략된 채였다.

왔던 길을 되돌아가 중문 집에 도착했을 때 비스듬히 서서 설거지를 하는 미정의 뒷모습이 보였다. 윤주는 빠르게 싱크대로 걸어가 미정을 밀어낸 뒤 소매를 걷어붙였다. 도로 식탁 의자에 앉은 미정이 등 뒤에서 윤주를 불렀다. 왜,라고 대꾸하기도 전에 미정은 한결 편안해진 목소리로 말했다.

"윤주야, 난 여기가 편하고 사실 갈 데도 없어. 그게……"

"……"

"그게, 내 잘못인 거야?"

"……"

아직 컵과 수저를 씻지 못했지만 윤주는 그대로 수도꼭지를 잠갔다. 천천히 미정 쪽을 돌아보자 미정은 방송국 이야기 좀 해달라며 특유의 소년 같은 미소를 지어 보였다. 제주에 와서 처음 보는 미소였다. 윤주는 웃고 말았다. 정말 듣고 싶은 게 맞느냐고 윤주가 묻자 미정은 천천히 고개를 끄덕였다. 긴 이야기가 시작될 것이다. 윤주는 이내 미정 맞은편에 앉았고, 그 이야기가 어떤 순서로 전해지든 마지막 말은 이미 정해져 있다고 생각했다. 그러니까, 너의 잘못이 아니라는 그 말…… 그러고 보니 그 말은 시징에게 메모를 쓸 때 미처 적지 못한 문장이기도 했다.

윤주는 이제야 그 말을 듣게 될 것이다, 그 누구도 아닌 자기 자신으로부터. 당분간은 그 말에 기대어 무서움 없이 살아갈 수 있을 것이고, 지금은 그것으로 충분하다고 윤주는 믿고 싶었다. 저편의 미정은 이미 들을 준비가 되어 있다는 듯, 하염없이 윤주를 건너다보고 있었다.

시징

얼마나 잔 것일까.

시징은 누운 채 손을 더듬어봤지만 손목시계나 휴대전화는 잡히지 않았다. 시야가 온통 캄캄한 걸 보면 해가 진 이후란 건 분명했지만, 잠 속으로 얼마나 많은 시간이 흘러들어갔는지는 계산되지 않았다. 익숙한 일이긴 했다. 이 방에선 시간이 직선으로 흐르거나 차곡차곡 쌓이지 않았고, 대신 굴절되고 왜곡되다가 어느 순간 지워져버리곤 했으니까. 모든 감각과 생각의 행로가 과거의 몇몇 장면들로 끊임없이 회귀하는 작은 타임머신과도 같은 방…… 시징은 그 이유를 잘 알았다. 기차 때문이었다. 아니, 차라리 이렇게 말해야 할까, 은철이 기차와도 같은 사람이었기 때문이라고. 은철이라면 창문에 노란빛이 어른거리다가 뒤이어 경적 소리가 들려오는 이 방에, 그러니까 기차가 지나가는 동안 다른 세계로 이주한 듯 조명과 소리, 진동의 크기가 달라지는 지금 같은 순간에 깊이 매혹되었을 거라고 시징은 확신했다. 달리는 기차는 여기가 아닌 다른 곳에서의 삶도 가능하다는 것을 일깨워줘서 좋다고 은철은 말하곤 했다. 정주에 대한 의무가 없는 삶을 상상하는 것만으로도 숨통이 트인다고도 했고, 기차라는 사물에서 환기되는 이미지—풍경이 흘러가는 창문, 바람이 작게 소용돌이치는 연결통로, 기차가 정차할 때마다 플랫폼을 가득 채우는 발소리—도 마음에 든다고 했다. 홍콩에서도 은철은 도시의 전경이 아니라 트램이 보고 싶어서 빅토리아 피크에 가곤 했고, 가끔은 전망대 벤치에 앉아 대략 십오분 간격으로 피크를 오르내리는 트램을 구경하며 하루를 보내기도 했다. 센트럴에서의 첫 만남 이후 일주일 정도가 지났을 무렵, 시징이 온몸이 타들어갈 것 같은 열망을 참지 못한 채 용기를 내어 은철에게 전화했던 그날도 은철은 빅토리아 피크에 있었다.

"내가 왜 여행을 시작했는지 알아요?"

그날, 빅토리아 피크에서 은철이 물었다. 나란히 걷는 내내 서로의 손가락 끝이 닿을 듯 닿지 않는 그 미묘한 거리에만 온 신경을 쏟느라 발끝까지 긴장해 있던 시징은 그제야 고개를 들어 은철의 옆얼굴을 흘끗 보았다. 은철은 대학 졸업 바로 전 학기에 휴학을 하고는 아시아 여행을 시작했다고 이어서 말했다. 홍콩에 오기 전엔 일본과 대만을 여행했고 홍콩을 떠나면 마카오와 태국, 베트남에 들른 뒤 마지막엔 인도에서 한달 이상 머물다가 귀국할 예정이었다. 물론 시징을 만나기 전까지만 해도 그 여정이 홍콩에서 멈춰버리라곤 은철 역시 짐작하지 못했을 것이다.

"어느 날 꼰대가 술에 잔뜩 취해서 들어오더니 나더러 취업하고 어느 정도 자리 잡을 때까지 여자를 좋아하는 척해달라고 사정하는 거예요. 똑똑한 꼰대가 뭘 모르고 그런 말을 했을 리는 없고, 처음엔 농담하나 했다니까요."

시징은 그 상황을 충분히 알 것 같았다. 은철은 담섬 식당에서 이미 말한 적이 있었다. 성인이 된 이후로 꾸준히 가족과 주변 사람들에게 자신의 정체성을 밝혀왔고, 그 정체성이 무시도 멸시도 받지 않은 채 자신의 일부로 자연스럽게 인정되기를 바랐다고. 실제로 은철은 어머니와 누나를 설득하는 데 성공했고 친구들과도 거부감 없이 그 주제로 대화를 나누곤 했다. 그는 그리 길지 않은 자신의 생애에서 용감하고도 투명한 투쟁을 해왔던 셈이다. 그러나 그의 아버지는 예외였다. 그에게는 도무지 은철의 투쟁이 통하지 않았다. 한때는 학생운동을 했다지만 현재는 중도보수파에 중산층인 그는 아들의 정체성이 그에게서 계급적 안정과 자본의 혜택을 제거하는 폭탄 같은 것이라고 단정했던 것이다. 여전히 어떤 나라들에선 동성애자가 승진과 성공에서 차선으로 배제될 뿐 아니라 동성끼리 가정을 이루는 것이 허락되지 않으니까.

"그날 꼰대랑 싸우다가 뺨을 맞았거든요. 근데 꼰대가 내 뺨을 때리자마자 날 끌어안고 우는 거예요. 넌 결혼도 못할 테고 애도 없을 테니 늙어서는 어디 시립병원 같은 데서 혼자 죽고 말 거라면서. 아빠란 사람이 아들 앞에서

울다니, 그거 반칙 아닌가요? 어쩌라고, 그렇게 나오면. 어이없어 진짜."

"……"

"암튼 그랬어요. 그 꼴 다 보고 내가 어떻게 집에 있을 수 있겠어요? 요즘이야 여행도 스펙이 되니까, 반년에서 일년 정도 여행하다가 온다니까 엄마도 은근히 반기더라고요. 그나마 다행이죠, 뭐."

은철의 긴 이야기는 그렇게 끝났다. 그쯤에서 시징은 돌연 걸음을 멈추고는 무턱대고 은철의 손을 잡았다. 그리고는 그와 눈을 맞춘 채 사랑을 고백하는 소년인 양, 숙소에서 나와 내 아파트로 들어오면 어떻겠느냐고 제안했다. 은철에게 아버지의 목소리가 닿지 않는, 진짜 집을 마련해주고 싶다는 단순한 생각뿐이었다. 은철은 망설일 필요가 없다는 듯 이내 시징의 어깨에 이마를 댔고, 잠시 뒤 두 사람은 틈 하나 없이 서로를 끌어안았다. 멀기만 했던 트램 소리가 조금씩 증폭되어 들려왔다. 너와 나의 결합을 기념하는 축포라고, 시징은 그 순간 믿고 싶었다.

은철이 시징의 아파트에 들어와 산 지 석달 만에 떠나

버린 건, 혹시 그 아파트에까지 아버지의 목소리가 유동하는 공기를 타고 스며든 탓은 아니었을까. 은철이 떠난 뒤 시징은 생각하곤 했다. 악몽의 형태로, 혹은 시립병원에서 혼자 임종을 맞는 상상 속 장면으로 변형된 나쁜 공기 말이다. 그런데……

그런데, 은철은 누구였을까.

영등포에서 태어났다는 것, 시징보다 여덟살이나 어렸지만 이제는 그도 서른살이 되었다는 것, 아버지를 피해 여행을 시작했지만 주기적으로 그에게서 여행 경비를 받았고 연락도 자주 했다는 것, 지금은 서울에서 살고 있으리라는 것, 기차를 좋아했고 게이라는 것, 이 정도가 시징이 은철에 대해 아는 전부였다. 그와 만나는 동안엔 그에 대해 알아야 하는 모든 것을 안다고 생각했지만, 그가 떠나고 나니 자신이 과연 어떤 사람을 만났던 것인지 시징은 아무것도 규정할 수 없었다. 시징은 은철이 다니던 학교의 이름을 몰랐고 가족과 살던 서울 집의 주소를 알지 못했으며, 그의 부모나 형제의 연락처도 미리 받아놓지 않았다. 시징에게는 은철이 누구의 자식이고 어떤 그룹의 일원이었는지가 전혀 중요하지 않았던 것이다. 은철이 메모 한장만 남겨놓고 시징의 아파트를 떠난 뒤에야 시징은 그와 연결된 끈이 형편없도록 허술했다는 걸 깨달았다. 은철이 전화를 받지 않고 이메일을 확인하지 않자 더이상 그에게 연락할 방법은 없었다. 실제로 그날 이후 은철과의 연락은 완전히 단절됐다. 한 사람을 만나서 알아가고 서로의 감정을 확인하는 과정은 내부에 끝없이 계단이 이어지는 건축물과도 같은데, 영원히 그곳에 있을 줄 알았던 건축물이 무너지는 건 한순간이며 남겨진 건축물의 파편으로는 아무것도 복원할 수 없다는 것을 시징은 받아들이기 힘들었다. 때로는 그 덧없음이 은철의 부재보다 더 시징을 괴롭혔다.

추웠다. 이불을 목까지 덮으면서도 시징은 강렬한 추위를 느꼈다. 서울에서 마지막으로 사진을 찍으려 했던 강남역 지하상가에는 가보지도 못한 채 하루 종일 쉬었는데도 어젯밤부터 시작된 뼛속까지 결빙되는 것 같은 추위는 그대로였다. 내일 출국하려면 기운을 내야 하고 그러려면 무언가를 먹고 마셔야 한다는 걸 알면서도 좀처럼 의욕이

일지 않았다. 대신 심장이 내려앉는 것 같은 아득한 슬픔이 목까지 차오르는 것을 느끼며 두 팔로 몸을 받친 채 가까스로 침대에서 일어나 앉았다.

은철이 윤주의 방에 와 있었다. 잰걸음으로 방을 오가며 열려 있는 캐리어 가방에 자신의 옷과 소지품을 던져 넣는 은철을 시징은 두 눈이 아프도록 뚫어지게 바라볼 수밖에 없었다. 반가우면서도 고통스러웠고, 고통스럽다가도 뜨거운 환열이 일었다. 여긴 어떻게 왔어? 다정히, 가슴이 아플 정도로 다정하게 묻고 싶었지만 몸살 기운으로 빚어진 환시가 대답을 해줄 리 없다는 건 시징도 잘 알았다.

시징, 방금 전에 한국에서 연락이 왔는데 아버지가 아프대. 수술도 받아야 한다나봐. 그래서 급하게 떠나게 되었어. 짐을 다 싼 은철이 창가 테이블에 앉아 메모지, 윤주가 남기고 간 그 메모지에 그렇게 써내려갔다. 시징…… 시징, 쓰고 나서 은철은 고개를 들어 방 안 곳곳을 눈에 담은 뒤에야 다시 펜을 쥐었다. 시징, 근데 그거 알아? 이 아파트에 처음 왔을 때 말이야, 몇년 전에 미술관에서 본 그림이 떠올랐어. 밀밭을 혼자 걷는 사람을 그린 풍경화였는데, 그림에는 걷는 사람의 뒷모습만 나오는데도 나는 그 얼굴을 본 것만 같았지. 시징, 너무 혼자 있지 마. 생애의 끝을 미리 가정하지도 마. 사실은 네게 꼭 하고 싶은 말이었어. 그렇게 마저 쓴 은철이 캐리어 가방을 들고 방에서 나가려 할 때, 방 안으로 노란빛이 번져 들면서 기차의 바퀴 소리가 들려왔다. 이 방과 이 방에 함몰된 과거의 시간을 둥글게 에돌며 지나가는 저 기차는 홍콩 빅토리아 피크에서 출발해서 알 수 없는 미래의 도시로 떠나가는 것만 같다고 시징은 생각했다. 은철은 꼼짝도 하지 않았다. 시징의 예감대로 은철은 이 방에 매혹된 듯 보였다. 시징은 하염없이 은철의 뒷모습을 건너다보며 이곳에서 혼자 늙어갈 홍콩 사람을 걱정하는 그 얼굴을 상상했다. 상상했지만, 그런 기대감은 불완전한 위로로 남을 것이고 시징은 그런 위로라면 이미 전부를 겪은 것만 같았다.

기차가 완전히 멀어진 뒤에야, 은철은 도로 테이블에 앉아 메모지에 한 문장을 더 썼다. 그 문장을 시징은 기억했다. 육년 전 그날 저녁, 회사에서 돌아온 시징은 컴컴한 아파트 거실에서 그 메모지를 발견했고 선 채로 메모지에 적힌 문장들을 읽고 또 읽었다. 기다려달라거나 다시 연락하겠다는 말이 아니라 그동안 고마웠다는 마지막 문장이 시징에게는 특히 해석되지 않았다. 지금까지도 해석되지 않는 그 문장을 곰곰이 떠올려보다가 시징이 고개를 들었을 때, 그새 은철은 사라지고 없었다. 안 돼, 속삭이며 시징은 침대에서 내려가 거의 기듯이 테이블까지 갔고 손을 뻗어 메모지를 집었다. 어차피 모든 것이 환상이라면 육년 전엔 없었던 문장을 지금은 찾아낼 수 있을지 몰랐다. 이제 그 문장은 기다려달라거나 다시 돌아오겠다는 식의 미래를 약속하는 내용이 아니어도 되었다. 그저 후회하지 않는다는 문장 한줄이면 적어도 살아가야 하는 이유는 되어줄 터였다. 시징은 자꾸만 감기려고 하는 두 눈을 주먹으로 세게 문지르며 메모지를 처음부터 다시 읽기 시작했다. 환영인사와 방에 대한 보충 설명이 이어졌고, 윤주가 최근에 직장을 그만둔 것이라든지 시징에게 방을 빌려주면서 제주로 내려가 있을 거라는 개인적인 사정도 적혀 있었다.

시징, 혹시 당신도 홍콩에서 도망친 건 아닌가요?

메모의 마지막 단락은 이렇게 시작됐다.

그래요, 나는 제주로 도망치려는 것입니다. 도망치는 건 무섭지 않은데 다시 이곳으로 돌아왔을 때, 나는 또 어디로 가야 하는 걸까요? 내가 듣고 싶은 말은 사실 단 하나인데, 그건……

메모는 거기서 끝났고, 은철이 덧쓴 글자는 끝내 단 하나도 보이지 않았다.

2부

2021년 4월과 5월

미정

서울행 버스에 오른 미정은 자리를 잡자마자 여러개의 검은 비닐봉지를 발치에 두었다. 알배추와 쪽파, 고추와 호박과 고구마 같은 것이 담긴 비닐봉지였다. 차창 밖에는 아버지가 뒷짐을 진 채 서 있었다. 약속이 있는 사람인 양 주변만 두리번거리던 그는 버스가 출발할 때에야 언뜻 고개를 들었고, 미정과 시선이 마주친 순간엔 마치 급박하게 처리해야 하는 일이 방금 떠올랐다는 듯 손 인사 한 번 없이 돌아섰다.

아버지가 전화를 걸어 와 올해부터는 어머니 제사를 같이 치르자는 말을 꺼낸 건 일주일 전의 일이었다. 미정은 당황했다. 부모가 이혼한 지 이십년이 넘은 데다 그 이혼이 어머니의 일방적인 요구로 진행되었다는 걸 알고 있는 미정으로선 아버지의 제안이 단박에 납득되지 않았던 것이다. 거절하지는 못했다. 아니, 그렇게 하고 싶지 않았다. 미정은 알겠다고 대답했고, 통화를 마친 뒤엔 창고에서 같이 일하는 동료에게 부탁해 비번 날짜를 미리 조율해놓았다. 일년 전 제주에서 서울로 올라온 뒤부터 미정은 내내 C마트에서 일해왔다. 입고된 상품을 확인하고 정리해 판매량과 유통기한과 할인율 같은 수치를 기준으로 매대에 배열하는 일이었다. 숫자는 정확하고 과묵해서 좋았다. 그런 숫자를 기준으로 매대 상품들에 질서를 부여하는 일은 뜻밖에도 미정의 마음을 느슨하게 해주었고, 목장갑을 낀 손으로 식료품 매대부터 생활용품 매대까지 정리한 뒤 마트를 한바퀴 돌면 작은 세계 하나를 직접 일구었다는 밀도 높은 뿌듯함이 밀려오기도 했다.

버스에 속도가 붙자 비닐봉지의 부스럭거림이 풀잎 소리처럼 변형되는 듯하더니, 이내 버스의 흔들림에 미정의 숨결이 겹쳐졌다. 미정은 곧 익숙한 풍경이 검은 장막 너머에서 펼쳐지리란 걸 알 수 있었고, 꿈속에서도 이 꿈이 오랜만에 재현되고 있다는 것을 인지하고는 작게 놀랐다.

법정에 있는 꿈이었다. 꿈속 법정에서도 미정은 변호사나 판사가 아니었고, 그렇다고 참관을 온 인권법재단의 직원인 것도 아니었다. 미정이 앉아 있는 곳은 언제나처럼 증인석이었고 미정의 시선이 대각선으로 닿는 곳엔 피고인석이 있었으며, 방청석은 미정이 살아오면서 친분을 맺어온 사람들로 가득 차 있었다. 모든 장면이 이십대 내내 수시로 반복됐던 그 꿈과 똑같았다. 그들 중엔 한 시절 가깝게 지낸 친구나 선배도 있었지만, 재단의 예전 의뢰인이라든지 졸업과 동시에 멀어진 동창들, 누군가의 소개로 서너번 데이트를 했을 뿐인 또래 남자들처럼 수년에 걸쳐 연락 한번 한 적 없는 사람들도 있었다. 친분이 옅은 사람들은 대개 눈과 코와 입이 없는 살색 덩어리로만 등장했는데, 미정은 그 사람의 생김이나 이름은 잊었어도 어디에서 어떻게 만난 사이인지는 단박에 기억해낼 수 있었다. 그러나 그 꿈이 아픈 건 방청석을 메운 사람들이 환기시키는 관계의 덧없음 때문이 아니었다. 그들이 일제히 바라보는 쪽이 피고인석이 아니라 증인석이라는 그 기묘한 상황이 미정은 괴로웠다. 그러니까 겁먹은 얼굴로 피고인석에 앉아 있는 아버지가 죄를 인정하는 순간이 아니라, 증인석의 미정이 아버지를 똑바로 바라보며 그의 죄를 폭로하거나 증언하는 배반의 순간을 그들은 기다렸다. 미정은 폭로도 증언도 할 수 없었다. 몰랐으니까. 책이나 논문, 기사에서 읽은 것처럼 아버지 역시 베트남에서 민간인 마을을 불태웠는지, 그곳에 살던 남자들을 죽이고 그 광경을 목도한 남자들의 아내들과 아이들을 총검으로 내리친 게 맞는지, 미정은 몰랐고 모르고 싶었으니까, 전력을 다해, 매번 균등한 절박함으로.

"부대 전체가 갔지. 선택이고 뭐고, 그냥 가라니까 다 갔어."

어젯밤에야 미정은 처음으로 아버지에게 참전한 이유를 물었고, 아버지는 새삼스럽다는 듯 미정을 한번 흘끗 보더니 그렇게 대꾸했다. 아버지와 마주 앉아 제사 음식으로 저녁을 먹고 있을 때였다.

"지원한 게 아니고요?"

미정은 젓가락으로 나물을 뒤적이며 최대한 무심을 가장한 목소리로 되물었다.

“목돈 벌 생각에 지원한 군인도 있었지만 우리 부대는 전부 차출이었어. 조금이라도 돈 있고 백 있는 놈들이야 다 면제받거나 후방으로 배치되던 시절이니 차출된 놈들은 다들 모자란 것들뿐이었지. 어떤 이등병 하나는 전투식량은 어떻게 나오느냐고 묻기도 하더라. 하긴, 거기가 얼마나 무서운 데인 줄도 모르고 가란다고 간 녀석들이니 오죽하겠냐만.”

“뭐가요?”

“……”

“뭐가 무서웠는데요?”

“……”

물으며, 미정은 고개를 들어 아버지를 똑바로 바라보았다. 의무로 참전했다는 말에 일정량의 안도감이 차오르기도 했지만, 아무리 억지로 끌려갔다 해도 그것 자체로 면죄부가 될 수 없으며 모든 것이 속죄되지도 않는다는 혼자만의 그 생각은 뜻밖에도 그리 날카롭지 않았다.

"그야 언제라도 죽을 수 있었으니까 무서웠지. 누군들 안 무섭겠냐. 근데……"

"……"

"근데, 나중엔 다 무뎌지지. 그래서 더 무서운 거다. 피를 보고 시체를 보고 어디 한군데 부러져서 짐승처럼 우는 사람을 봐도, 뭘 봐도 무뎌지니까."

"……"

"너, 근데 갑자기 그건 왜 묻는 거냐?"

아버지의 눈동자가 돌연 눈에 띄게 일렁였다. 겁이 난 것 같기도 했고, 연약한 방어를 하는 듯도 했다. 미정은 아무 대답도 못한 채 시선을 회피했고 아버지는 깊은 숨을 내쉬더니 다시 말을 이어갔다.

"나는 사람은 안 죽였다. 내가 죽을 뻔한 순간에 베트콩 다리를 쏜 적은 있지만 죽이지는 않았어. 난, 그래서 여직 산 거다, 아무도 죽이지 않아서. 죽이는 걸 해본 놈들은 벌써 다 죽었어, 병들어서. 마음이 상했으니 몸도 병든 거지."

미정은 쏟아질 것 같은 눈물을 참기 위해 고개만 끄덕였다. 눈물이 한번 터지면 모의법정에서 있었던 일부터 고백할지 몰랐고, 그 이야기는 분명 아버지에게 회복이 불가능한 환부를 남길 터였다. 아버지가 갑자기 벌떡 자리에서 일어나더니 서랍장에서 담배를 꺼냈다. 당뇨병에 녹내장까지 앓는 사람의 몸 안에서 담배 성분은 평균 이상의 독소가 되겠지만, 미정은 아버지를 말리지 않았다. 아버지는 원래 자리로 되돌아와 담배에 불을 붙이고는 뺨이 홀쭉하게 들어가도록 두어모금 연기를 들이켰다. 방 안이 이내 담배 연기로 매캐해졌다.

"그래서 하는 말이다."

"……"

"돈 말이야. 매달 보상금 들어오는 통장 따로 만들어놨다. 내 생활이야 농사지은 걸로 어떻게 굴러가고 있으니까."

아버지는 곧 바지 주머니에서 통장을 꺼냈다. 통장뿐 아니라 통장을 건네는 타이밍까지 미리 준비한 티가 역력했다.

"나 죽으면 사망일시금이 나올 텐데, 그 돈도 이 통장으로 들어올 거다. 혹여라도 안 들어오면 보훈처나 병무청에 찾아가서 꼭 받아내고. 그 돈으로 다시 공부를 하든 시집갈 때 쓰든, 그렇게 해라."

"아버지, 진짜……"

"내 말 들어!"

아버지가 얼굴까지 붉히며 목소리를 높였다. 미정은 놀라지 않았고, 다만 슬펐다. 아버지의 큰 눈동자가, 그 눈동자에 묽게 번져가는 어두운 빛이, 팔십이 다 되어가는 나이에도 흙을 만지고 푸성귀를 거두느라 때가 가득 낀 손톱들이 미정을 고요하게 슬프게 했다.

"이 돈은 그냥 돈 아니다. 내 몸이야. 그냥 나다. 내가……"

"……"

"내가! 이 서병철이가! 지금껏 인간 대접 못 받고 무시만 당하면서 이리 살아온 거, 그 평생에 대한 보상이야, 아니?"

"……"

"……도장은 그 비닐 안에 있고 비밀번호는 예전 집 전화번호 뒷자리다."

"……"

"끝이야. 이 얘기는 오늘부로 여기서 끝인 거다. 그러니

더 말하지 마라."

그 말과 함께 아버지는 담배를 빈 접시에 비벼 끈 뒤 거칠게 수저질을 시작했고, 미정도 말없이 남은 밥을 마저 먹었다. 그날이 떠올랐다. 사월이라는 게 믿기지 않을 만큼 차갑게 응축된 바람이 세게 불었던 육년 전 오늘…… 나무들은 이르게 틔운 꽃잎을 흩뜨렸고 거리의 사람들은 하나같이 외투 앞섶을 움켜쥔 모습이었던 그날, 퇴근길 횡단보도 앞에 서서 휴대전화로 엄마의 두번째 남편이 전하는 그 소식을 듣는 동안 미정은 고작, 고작, 속으로 그렇게 되뇌고만 있었다. 신호등이 초록불로 바뀌면서 사람들이 미정을 밀치며 지나갔지만 주변 상황에 대해서는 아무것도 감각할 수 없었다. 엄마는 이혼 뒤 식당들을 전전하며 일했고, 일하는 식당이 바뀔 때마다 애인도 바뀌었다. 애인들이 떠나고 나면 엄마는 술을 마셨다. 아니, 몸 안으로 술을 들이부었다. 미정은 남자가 없으면 필연적으로 결핍을 느끼는 엄마의 나약함이 지긋지긋하면서도 엄마가 단 한 사람의 부둣가에 정박하게 되길 누구보다 간절히 바랐다. 마침내 그 바람이 이루어지긴 했는데, 그 유효

기간은 고작 삼년이었던 것이다. 휴대전화 저편에서 그는 고속도로 갓길에 승용차를 세워놓고 차에서 나와 가까운 수리점에 전화를 걸고 있을 때 트럭이 승용차 쪽으로 돌진했다고 말했다.

저녁을 다 먹고 나자 버스 막차 시간에 근접해 있었다. 안절부절못하는 아버지에게 미정이 먼저 자고 가겠다고 말했다. 아버지는 어리둥절한 얼굴로 잠시 우두커니 서 있다가, 이내 거실에 담요와 이불을 가져다놓았고 세탁된 수건과 포장을 뜯지 않은 비누와 칫솔도 건넸다. 딸을 손님으로 받는 날을 내내 기다려왔다는 증표 같은 그 사물들에 미정의 눈길이 오래 머물렀다. 열살 이후로 아버지와 한집에서 자는 건 처음이었다. 소등을 하자 안방에선 간헐적으로 기침 소리가 들려왔는데, 억눌린 채 터져 나오는 마른기침이었다. 매번 다른 감정을 불러일으키는 그 기침 소리에 미정은 아침이 올 때까지 깊은 잠에 들지 못했다.

휴대전화 진동에 미정은 천천히 눈을 떴다.

무의식 안쪽의 스크린에 영사되었던 법정은 순식간에 암흑 속에 묻히고, 이제 미정의 눈에 보이는 건 앞좌석의 등받이뿐이었다. 미정이 떠난 집을 정리하다가 소파 쿠션 아래 둔 통장을 발견했을 아버지는 미정에게 하고 싶은 말이 많을 것이다. 미정은 휴대전화의 진동이 멈춘 뒤에야 아버지 앞으로 또 찾아가겠다는 문자메시지를 작성했고, 발송 버튼을 누르기 직전에 기침이 심상치 않아 걱정이 되니 병원에 가보시라고 덧붙였다. 지금껏 아버지에게 했던 말들 중 감정이 가장 많이 함유된 문장이었다.

잠은 다시 오지 않았다. 자세를 바로 하고 차창 밖 풍경을 살피는데, 휴대전화가 또 한번 진동하더니 사진 한장이 화면에 떠올랐다. '대정읍 풍력발전기 결사반대'라고 적힌 현수막 앞에서 우산을 든 채 포즈를 취한 보경 언니의 사진이었다. 그건, 제주에서의 그녀의 활동이 어디로 이동했는지 알 수 있게 해주는 사진이기도 했다. 제주신공항 공사는 여전히 지지부진한 듯했지만 도청 앞 천막촌은 거의 다 철거되었고 그곳을 지키던 활동가들도 뿔뿔이 흩어졌다는 건 미정도 이미 들어 알고 있었다.

제주를 떠나온 뒤에야 미정은 그곳에 모였던 사람들을 한명 한명 구체적으로 생각하곤 했다. 나무와 숲을 지키겠다며 모여든 사람도 있었고 제주시의 행정 절차가 비민주적이어서 참여한 사람도 있었다. 간혹 시민운동의 가능성과 한계를 연구하려는 사람들도 있었고 단순히 활동가들에게 밥을 해 먹이려는 게 목적인 사람들도 있었다. 그저 제주가 좋아서, 제주가 제주답게 영속하기를 바라서 천막촌 생활의 불편을 감수한 활동가들도 떠오르곤 했다. 확실한 건 미정처럼 신념을 크게 생각한 사람은 그곳에 없었다는 것이었다. 처음 제주에 갔을 때는 버린 꿈에 미련을 갖지 않는 연습을 했다면 두번째 제주행에서는 신념을 작게 나누는 절차를 밟았던 건지도 모르겠다. 커서 공허했던 신념, 단순한 애정 하나도 이길 수 없었던 빈틈 많은 신념을.

풍력발전기가 세워지면 어장과 해양 생태계가 파괴될 것이고 남방큰돌고래들도 서식지를 잃게 될 거라고, 잠시 뒤 도착한 문자메시지에는 그렇게 적혀 있었다. 미정은 파이팅의 의미가 있는 근육 팔 이모티콘을 찾아서 전송했고, 여기는 고사리장마 기간이야, 보경 언니도 바로 답장했다. 고사리장마란 제주에서 고사리가 돋을 무렵에 잦은 빈도로 비가 내리는 기간을 일컫는다는 설명도 이어졌다. 연락 좀 자주 하자. 딸이 뭐 그리 무심해? 마지막으로 도착한, 보경 언니의 투정 섞인 목소리가 바로 연상되는 그 메시지에 미정은 웃고 말았다.

"내 딸 한번 해줄래?"

작년 사월, 갈비뼈 치료를 마친 뒤 제주를 떠나올 때 공항까지 짐을 들어준 보경 언니가 그런 부탁을 했었다. 그때 미정의 머릿속에는 최대한 빨리 제주를 떠날 생각밖에 없었다. 천막촌 생활과 다른 사람의 집에 기생하는 현실에서 도망치고 싶었고, 무엇보다 보경 언니에게서 벗어나고 싶었다. 현장에서 다친 것이 자신의 탓인 양 미안함을 숨기지 못하는 그녀에게 유독 냉담해지는 이유를 미정도 알 수 없었다. 어쩌면 그때 미정은 제주에서 보낸 반년의 시간이 헛되다고 생각했기에 그 계기를 마련해준 보경 언니에게 화가 났던 건지도 모른다. 보경 언니에게 작별인사를 마치자마자 서둘러 탑승 게이트로 들어가려던 미정은 보경 언니가 떨리는 목소리로 전한 그 부탁에 그제야 마음의 속도가 원상태로 돌아오는 것을 느리게 감지했다.

돌아서자, 이미 연하게 젖은 그녀의 두 눈이 보였다.

"내 딸 한번 해주라."

보경 언니가 다시 말했고 미정은 얼결에 고개를 끄덕였다. 그 순간 미정 쪽으로 한걸음 더 다가온 그녀가 두 손으로 미정의 뺨을 어루만졌다.

"……보경아."

"……"

"보경아, 있지……"

"……"

"엄마는 미안해. 그냥, 엄마가 다 미안해."

"……"

이상했다. 미정은 이상하다고 거듭 생각했다. 그녀가 미정을 보며 성장한 딸의 얼굴을 유추하곤 했다는 것을, 그때껏 단 한번도 그런 대화를 나눠본 적 없는데도, 미정은 바로 확신하게 되었다. 무슨 말인가를 더 하고 싶어 하면서도 끝내 하지 못하는 그녀를 바라보다가 미정이 먼저 팔을 뻗어 그녀의 어깨를 안아주었다. 어색한 건 없었다. 이유나 과정을 설명할 수는 없지만, 어쩐지 미정도 그녀의 딸이 되는 순간을 기다려왔다는 생각이 들었다.

마지막을 보지 못했다고 했다.

사고 소식을 듣고 가족 모두 병원으로 달려갔지만 보경 언니는 도무지 안치실로는 들어갈 수가 없었다. 보경 언니 남편이 언니와 어린 아들을 대표해서 혼자 안치실로 들어갔는데 오분도 안 돼 안치실에서 뛰쳐나온 그는 얼이 빠진 얼굴이었다고 했다. 차가워, 여보, 우리 보경이가 너무 차가워. 그는 말했고, 보경 언니는 그렇다고 이렇게 빨리 나와버리면 어떡하느냐고, 보경이 서운해서 어떡해, 어떡해! 소리를 내지르며 손바닥으로 몇번이고 그의 가슴을 쳤다. 붕괴된 건물에서 발견된 시신이니 상태가 온전했을 리 없다고, 남편은 그 모습에 충격을 받았을 거라고, 그날로부터 십이년이 흐른 어느 날 보경 언니는 미정에게 말했다. 잘한 걸까, 묻기도 했다.

"엄마라는 사람이 마지막 인사도 못해줬잖아. 나 아플까봐, 나 다칠까봐, 우리 보경이한테 내가 그렇게 매정하게 굴었어. 미정씨, 내가 나빴던 거지, 그치, 그렇지?"

괜찮아……

미정은 속삭였다. 제주에서의 어느 날, 여느 때처럼 잔뜩 취한 보경 언니가 보경의 마지막을 보지 못한 일을 후회하던 그날처럼 미정은 괜찮다고 연이어 말했다. 보경 언니는 이내 미정의 어깨에 얼굴을 묻더니 오래오래 흐느꼈다. 한 사람의 흐느낌 뒤편은 아주 광활한 암흑 같았다.

일년 전, 제주공항에서 시간은 그렇듯 더디게 흘렀다.

버스는 곧 종점인 신촌에 도착했다. 양손에 비닐봉지들을 나눠 든 채 버스에서 내린 미정은 바로 빈 택시를 잡아 탔고, 목적지를 묻는 기사에게 충동적으로 망원동이라고 대꾸했다. 새 직장인 독립 프로덕션 근처로 이사를 간 윤주가 몇번이나 집에 놀러 오라고 일러주었는데도 주소만 받아놓고 일이 바빠 가보지 못한 차였다. 택시가 움직이는 동안 미정은 휴대전화 전화번호부에서 윤주의 번호를 찾아 통화 버튼을 눌렀다. 윤주가 전화를 받으면 식재료가 양손에 가득하다고, 하나같이 최상급의 유기농 농작물이라고, 그런데 도무지 혼자서는 감당이 안 되는 양이니 같이 먹으면 좋겠다고, 그렇게 하자고, 미정은 말할 생각이었다.

편지들

시징, 제주로 가기 전 이 메모를 남깁니다.

이 방이 당신의 이번 여행에서 최적의 숙박 공간이 되기를 바라지만, 에어비앤비 사이트에도 이미 밝혔듯 물리적인 결함이 많은 방이긴 합니다. 블라인드는 고장 난 지 오래고, 화장실의 수압이 낮으니 변기를 사용한 뒤엔 레버를 오래 누르고 있어야 하죠. 현관 조명은 접촉 불량으로 자주 깜박이다가 꺼지곤 할 테니 너무 놀라지 마세요. 상점이 문을 닫고 행인들의 발길이 뜸해지는 밤과 새벽에는 기차 소리가 당신의 수면을 방해할지도 모르겠어요. 하긴, 당신에게는 그 기차 소리가 어선이 물결을 가르는 소리로 번역되

어 들릴 수도 있겠군요. 당신이 그랬죠? 영등포라는 지명이 영등굿이 행해지던 포구에서 유래했다는 여행 서적의 한 구절을 읽고 내 방을 선택했다고요. 솔직히 당신의 이메일을 받기 전까지, 나는 영등포의 어원에 대해 전혀 알지 못했습니다. 영등굿이 선원의 무사와 풍어를 비는 한국의 샤머니즘 퍼포먼스 중 하나라는 것, 그리고 지금껏 정물과 다르지 않게 보였던 한강이 한때는 배를 내보내어 물고기를 낚던 조업의 현장이자 악천후에는 난파와 조난의 가능성이 내재된 공간이었다는 것을 나는 당신 덕분에 새롭게 알게 되었습니다.

시징, 개인적인 이야기를 조금 해도 될까요?

한달 전 나는 다니던 직장을 그만두었고 그 과정에서 내가 온힘을 다해 쥐고 있던 끈 하나를 놓쳤습니다. 그 끈을 붙잡고 있어야 이 생애가 가능할 줄 알았는데, 막상 놓아버리니 자유로운 만큼 불안하기도 합니다.

그래요, 나는 제주로 도망치려는 것입니다. 도망치는 건 무섭지 않은데 다시 이곳으로 돌아왔을 때, 나는 또 어디로 가야 하는 걸까요? 내가 듣고 싶은 말은 사실 단 하나인데,

그건……

시징, 부르는 말에 시징은 메모지에서 눈을 떼고 뒤를 돌아봤다. 에디가 신발들이 담긴 상자를 들고 우두커니 서 있었다.

"이 상자에 넣을 신발이 또 있느냐고 물었어."

"아니, 더 없어. 그냥 그 상자만 옮기면 돼."

대답하며, 시징은 방금 전 서랍장 뒤에서 주운 메모지를 바지 주머니 안으로 슬쩍 밀어 넣었다. 에디는 신발 상자와 다른 물건 몇개를 더 챙겨 현관문 밖으로 옮겼고 시징은 서랍장 안에 있던 속옷이며 양말을 비닐팩에 넣기 시작했다.

이사 날이었다.

란콰이퐁을 떠나 몽콕에 있는 아파트로 에디와 함께 이사를 가는 날인 것이다. 카오룽 지역인 몽콕으로 거주지를 옮기면 홍콩섬에 있는 사무실로 출퇴근하는 데 좀더 시간을 할애해야 하겠지만, 대신 몽콕에서는 란콰이퐁의 아파트를 처분한 돈으로 조금 더 넓은 아파트를 구할 수 있었다. 물론 그 돈의 상당 부분은 여전히 은행의 것이고 이사 비용을 마련하기 위해 챙에게서 가불도 받긴 했지만, 시징에게는 어쩔 수 없는 선택이었다. 에디가 살던 토콰완의 아파트는 누우면 발이 벽에 닿고 싱크대 옆에 변기가 있는 성냥갑 같은 곳이었는데, 시징은 자고 먹고 배설하는 행위가 최소한의 구분 없이 혼재하는 그런 비인간적인 공간에 에디를 계속 살게 하고 싶지 않았다. 게다가 에디는 서점에서 받는 월급의 칠십 퍼센트를 매달 그 방의 임대료로 내고 있었다. 에디가 시위를 포기하지 않는 건 터무니없이 비싼 임대료 때문이기도 했다. 고작 그런 방에 월급의 칠십 퍼센트를 퍼부으며 살아간다는 건 노예와 다를 바 없는 미래를 받아들이겠다는 암묵적인 동의이기도 할 테니 말이다. 그래도 부모님의 도움을 조금씩 받고 있는 에디는 사정이 나은 편이었다. 그의 친구들 중 상당수는 하나의 아파트를 다시 몇개의 방으로 개조한 서브디바이디드(sub-divided) 하우스나 오직 침대에 누워만 있어야 할 만큼 여유 공간이 없는, 그래서 관과 다를 것 없는 집이라는 의미의 코핀 홈(coffin home)에서 살고 있었다. 중국인들의 이주와 투기에서 비롯된 홍콩의 살인적인 집값이 홍콩에서는 정의나 자유의 반대말인지도 몰랐다.

"근데, 아까 뭘 보고 있었던 거야?"

그새 상자 몇개를 더 옮기고 온 에디가 서랍장 안을 거의 다 정리해가던 시징의 어깨를 툭 치며 물었다.

"혹시, 연애편지?"

에디가 코를 찡긋하며 장난스럽게 물었고 시징은 아마? 하고 애매한 말로 호응해주었다. 에디는 호기심 어린 표정을 숨기지 않으면서도 메모지에 대해 더 묻지 않았다. 열여덟살 때부터 한번도 쉬지 않고 연애를 해왔다고 밝힌 에디는 시징에게 틈날 때마다 말하곤 했다. 너에게는 더, 더, 더 많은 사랑이 필요해.

에디와는 그가 일하는 서점에서 만났다.

작년 초여름의 어느 날, 온라인 쇼핑몰의 유통사 직원과 침사추이에서 미팅을 마친 뒤 지하철역 쪽으로 걷던 시징은 예고 없이 내리기 시작한 빗줄기와 하나둘 펼쳐지던 우산들을 건너다보다가 발길을 돌렸다. 홍콩이공대가 그 근처에 있었다. 홍콩이공대는 2019년의 시위에서 최후의 보루로 남았던 곳인데, 시징에게 비와 우산과 시위, 이 세 단어는 무심히 지나칠 수 없는 조합이었다. 영등포와 타인의 방, 그리고 기차의 조합처럼.

홍콩이공대 안 풍경은 여느 대학 캠퍼스와 다르지 않았다. 새로 페인트칠을 한 바닥이라든지 흰 천으로 파손된 부분을 가려놓은 건물이 눈에 띄긴 했어도, 일년 사이 학교는 거의 원상태로 복구된 듯 보였다. 이곳에 최루탄과 화염병뿐 아니라 벽돌과 불화살, 심지어 실탄까지 날아다녔다는 걸 상기하면 과도하게 진압된 평온이라고, 그날 시징은 생각했다. 캠퍼스를 가로지르던 시징은 어느 순간 멈춰 선 채 자신의 구두 끝을 가만히 내려다보았다. 누군가 인위적으로 벗겨낸 듯한 페인트 자국 아래로 킨(健)이라는 글자가 드러나 있었다. 몇시간 뒤, 스프레이로 쓴 그 글자가 시위 도중 자살한 청년의 이름 한 글자라는 걸 가르쳐준 사람이 바로 에디였다.

서점은 홍콩이공대 후문 쪽에 위치해 있었는데, 시징은 낡은 건물 꼭대기층에 자리한 서점 입간판을 보고 책이나 한권 구입할 생각에 그 안으로 들어갔다가 에디를 만난 것이다. 책을 추천해달라는 시징의 말에 에디는 책장을 돌며 책들을 꺼내 왔고 시징은 주로 인문서인 그 책들을 모두 구매했다. 계산한 카드를 주고받을 때, 뜻밖에도 에디가 먼저 사적인 질문을 해왔다. 이름과 사는 곳, 서점 방문이 처음인지 같은 것…… 시징이 홍콩이공대에서 본 글자에 대해 말을 꺼낸 건 에디의 그런 관심을 조금이라도 더 붙잡아두고 싶어서였는지 모른다. 그날, 에디는 시징에게 시위 중 사라지거나 자살한 청년들에 대해 슬픔과 울분을 오가며 한참을 이야기했고, 시징은 처음 만난 사람에게도 스스럼없이 말을 쏟아내는 그에게서 묘한 기시감을 느꼈다.

다음 날부터 시징은 회사에서 퇴근하고 나면 그 서점으로 갔다. 에디와 연인이 되는 과정은 극도로 조심스러웠지만 매 순간이 기적 같았다. 시간이 흐르면서 서점이 반정부단체의 아지트라는 것도 알게 됐는데, 사실 그 정도는 시징도 충분히 예상하고 있었다. 반정부단체라고 해봤자 십대 후반부터 이십대 초중반에 이르는 평범한 학생들—그들은 모두 가명을 썼고 에디도 마찬가지였는데,

시징은 에디를 에디라고 부를 뿐, 그의 본명을 아예 모르는 것처럼 한번도 입에 올리지 않았다—이 모여 시위를 조직하고 시위에 필요한 물품을 마련하기 위해 후원을 받는 게 전부라는 것, 그러니까 조직원의 나이대와 그 소박한 규모가 오히려 시징을 놀라게 했을 따름이다. 혹시라도 사후에 자살로 위장될까봐 '나는 자살하지 않는다'라는 문장이 포함된 유언장을 소지하고 다닐 만큼 비장하면서도 등교와 시험과 숙제 같은 학생의 본분도 잊지 않는 그들이 애틋해서 시징은 얼마 후 그들의 정기 후원자 중 한명이 되었고, 한달에 한번 정도는 그들의 세미나에 참석하기도 했다. 그들의 관심은 이제 송환법이 아니라 보안법이었다. 코비드 바이러스는 중국의 가장 든든한 지원군이 되어주었는데, 바이러스로 시위가 주춤한 틈을 타 중국은 홍콩의 민주화세력을 감옥에 처넣을 수 있는 보안법과 중국의 통치를 강화할 수 있는 선거제도를 마련했고 감염을 핑계로 홍콩 민주주의의 마지막 희망이었던 입법회 의원 선거를 연기했다. 그들은 다가오는 6월 4일에 기념행사를 열 계획이라고 했다. 그들이 기념하고 싶은 6월

4일은 그야 물론 천안문에서 장갑차가 사람을 깔고 지나간 삼십여년 전의 그날을 의미했다. 홍콩은 사라져도 홍콩이 보여준 혁명의 방식은 사라지지 않을 것입니다. 그 기념 행사에서 누군가 그렇게 연설을 할 예정이라고 시징은 들었다.

이사 갈 아파트에 에디의 짐도 들여야 했으므로 시징은 짐정리 중에 자신의 소지품을 최대한 정리했고, 특히 과거 속에 멈춰 있는 물건들은 거의 다 버렸다. 이삿짐 트럭이 오기 전에 점심을 해결하자며 에디는 커피와 샌드위치를 사러 나갔고, 시징은 발바닥에 힘을 주며 휑뎅그렁한 아파트 곳곳을 느리게 걸었다. 그렇게 하면 이 아파트에서 흘러간 생애의 일부를 영원히 이곳에 저장해놓을 수 있다는 듯이, 언제라도 그 저장된 이미지를 불러올 수 있다는 것처럼. 주머니 속 메모지가 떠올랐다. 메모가 미완으로 끝난 걸 보면 윤주 역시 전달의 목적을 갖고 메모를 쓰지는 않은 것 같았다. 윤주가 본 적도 없는 게스트에게 사적인 이야기가 담긴 메모를 쓴 데엔 애초에 자신이 영 등굿이니 포구니 하며 쓸데없이 알은체를 하는 이메일을 보낸 탓이 컸을 것이다. 여행 서적 같은 건 사실 읽은 적도 없었다. 그때는 그저 거짓말을 해서라도 윤주의 방을 놓치고 싶지 않았을 뿐이다.

메모지를 쓰레기봉투에 담으려던 시징은 이내 손을 거두었다. 돌이켜보면 당시 윤주의 방은 시징에게 은철 그 자체였다. 윤주의 방을 거치지 않았다면 그 초여름 날 침사추이에서 은철을 떠올릴 수 있었을까. 그날 굳이 홍콩이공대에 들렀던 건 영등포역 앞에서 마주쳤던 청년, 진실에 태연하게 무지했던 그 청년과는 다른 사람이고 싶다는 생각 때문은 아니었던가. 명백한 건 그날 시징이 홍콩이공대에 가지 않았다면 서점이나 에디는 시징의 생애와 무관했으리라는 사실이었다. 거기까지 생각이 이르자, 시징은 도저히 메모지를 버릴 수 없었다. 시징은 메모지를 도로 주머니에 넣은 뒤 휴대전화로 이메일 계정에 접속했다. 편지함에는 아직 윤주의 이메일 주소가 남아 있었다. 시징은 윤주에게 답장을 쓰기도 전에, 일년 전의 게스트가 보내기엔 어색할 수 있는 사적인 이야기로 그 내용이 채워지리란 걸 예감했다.

*

시징, 소식을 전해주어서 정말 고맙습니다. 새로운 사랑을 만난 것을 축하한다는 말과 그 사람과 함께하는 당신의 또다른 시작을 응원한다는 말을 전할 수 있어서 나는 지금 무척 기쁘기만 합니다.

일단 당신이 궁금하다고 한 것, 영등포의 근황을 알려드릴게요. 당신이 영등포에 다녀간 지 불과 일년이 지났을 뿐이지만 그사이 영등포는 많이 변하긴 했습니다. 바이러스 감염 예방이라는 명분으로 영등포역과 그 주변의 노숙인들은 거의 다 쫓겨났고 천막을 치고 음식을 팔던 거리의 상점들도 대부분 사라졌습니다. 당신을 난처하게 했던 홍등가도 곧 철거될 예정이라고 하더군요. 솔직히 말하면, 사실 나는 이 모든 걸 뉴스로 접했습니다. 작년 여름에 나도 영등포를 떠나왔거든요. 지금은 서울의 다른 행정구역에서 살고 있습니다.

영등포의 근황은 생생히 전하지 못하지만, 대신 홍콩의

자립을 위해 남몰래 애쓰는 당신의 용기에 존경의 마음을 보낸다는 말을 나는 하고 싶습니다. 홍콩에서의 당신의 용기가 서울에 있는 내게 또다른 형태의 용기로 당도했다는 것도요. 당신의 답장을 읽고 며칠 뒤, 나는 내 노동을 비웃은 적 있는 사람들에게 차례로 전화를 걸어 사과를 요구했으니까요. 당신의 이메일을 읽지 않았다면 그런 일은 영원히 일어나지 않았을 거예요. 이미 지나간 일이라고, 무턱대고 도망친 내 무책임에도 잘못이 있다고, 나는 늘 그렇게 생각하고 말았죠. 다친 마음을 드러내거나 갈등을 일으키는 것보다 도망치는 것이 편리했으니까요. 아나운서와 달리 피디는 끝내 내게 사과하지 않았지만, 상관없습니다. 그에게 내가 일을 하고 그만두는 과정에서 내 잘못은 없었다고 말한 것만으로도 나는 만족합니다.

그리고 시징……

조금 더 내밀한 고백을 해도 된다면, 당신이 허락한다면, 나는 이런 이야기도 하고 싶습니다.

이틀 전, 나는 예전의 연인이 일하며 살고 있는 도시에 내려갔습니다. 그가 늘 대기실 같은 도시라고 표현하던 곳이죠. 다른 곳으로 가기 위해 잠시 머물기로 한 곳, 그러나 아무리 기다려도 그 다른 곳이 어디인지 가르쳐주지 않았던 도시, 언제라도 문을 열고 나가면 그만이라고 생각했지만 입구도 출구도 없던 이상한 대기실…… 그에게 전할 말이 있다는 명분이 그나마 조금은 내 발걸음을 가볍게 해주었습니다. 내가 최근에 새로 취업한 독립 프로덕션에서 신입 피디를 구하고 있었는데, 어쩌면 그가 관심을 보일지도 모른다고 생각했거든요. 그런데 막상 그 도시에 도착해서도 그에게 전화하는 건 쉽지 않더군요. 그와 헤어져 있던 시간은 실재하는 공백이니까요. 사랑을 잃은 채 살았던 서로의 일상에 대해 그와 나는 아무것도 알지 못했으니까요.

내가 할 수 있는 거라곤 그가 일하는 공장 앞에서 그를 기다리는 것뿐이었습니다.

그는 저녁 일곱시쯤 공장에서 나와 걷기 시작했고, 나는 그가 눈치채지 못할 만큼 거리를 둔 채 그를 따라갔습니다. 그가 도착한 곳은 오래된 주공아파트 앞이었죠. 그에게 전화하는 것을 망설이는 사이, 아파트 안으로 들어

갔던 그가 다시 나타났고 나는 휴대전화 화면을 그대로 닫았습니다. 그는 혼자가 아니었죠. 완만하게 배가 나온 맑은 인상의 여자가 그의 곁에 있었습니다.

그가 가정을 이루어 새 생명을 맞을 준비까지 했다는 것이, 시징, 나는 아프게 놀라웠습니다. 나와 만나는 동안 그는 늘 그런 것에 회의적이었죠. 거의 경멸에 가까운 회의였기에, 나는 아버지의 얼굴을 한 그를 상상조차 해본 적이 없었습니다.

그는 아내와 함께 아파트 근처에 있는 시장을 한바퀴 돌며 고기와 채소, 과일을 사더군요. 그들이 마지막으로 들른 곳은 유아용품 상점이었습니다. 나는 쇼윈도 너머로 유모차니 아기 옷과 신발을 구경하는 그들을 멀찍이 선 채 지켜봤습니다. 그는 행복해 보였습니다. 그야말로 무방비한 행복이었죠. 내가 그의 연인일 때도 저렇듯 행복한 모습을 본 적이 있는지 기억이 잘 나지 않았는데, 그것을 깨달은 순간에야 우리가 이미 이별한 사이라는 것이 실감되었습니다.

이제 그만 그의 세계에서 떠나야겠다고 생각한 순간,

그의 아내가 문득 고개를 들어 내 쪽을 보았죠. 내 미행을 그녀가 처음부터 알고 있었다는 게 느껴지더군요. 그가 패브릭 장신구가 달린 모빌을 집어 계산을 하는 동안, 그녀와 나는 잠시 서로를 마주 보았습니다. 그들이 공장에서 만났다는 건 누가 알려주지 않아도 알 수 있었죠. 그가 일하는 금속공장에는 동남아시아에서 온 이주노동자가 많다고 들은 적이 있으니까요. 어느 순간, 그녀가 웃었습니다. 나는 지금껏 살아오면서 그토록 해사하게 웃는 사람을 본 적이 없었습니다. 얼결에 그녀를 따라 웃다가, 그가 계산을 마치기 전 나는 서둘러 발길을 돌렸습니다. 그녀는 아마도 그가 아직 간직한 사진에서 내 얼굴을 본 적이 있을 거예요. 그녀는 내 미행뿐 아니라 내가 누구인지도 알고 있었으니까요.

나는 다 느낄 수 있었습니다.

시징, 나는 이제 유아용품 상점의 쇼윈도 안쪽 풍경으로 그와의 마지막을 떠올리게 될 것입니다. 그 풍경은 수하물센터로 연상되는 망각의 영역 어딘가, 가령 열쇠 달린 상자나 먼지로 가득한 선반의 구석 같은 곳에 보관될 것이고, 나는 아주 천천히 그 사람의 식민지에서 벗어나게 되겠죠. 내 좋은 친구는 말한 적이 있습니다. 우리는 모두 여행자라고, 이 행성에 잠시 머물다 가는 손님일 뿐이라고요. 친구의 그 말을 상기할수록, 그가 나와 헤어진 뒤에야 다른 사람과의 정착을 결심한 걸 납득할 수 있었습니다. 그는 그저 그의 생애에서는 필연적인 과정을 밟고 있는 것뿐이고, 그건 나 역시 마찬가지라는 것을요. 그것이 우리 각자의 여행이겠죠. 물론 필연적인 과정들을 통해 생애가 완벽해지는 건 아닐 것입니다. 완벽할 필요도 없을 테고요.

시징, 새로 이사 간 곳은 어떤가요?

사실 나는 홍콩에 가본 적이 없습니다. 그래서 홍콩(香港)이 그 이름처럼 향기로운 항구 같은 곳인지 궁금해질 때가 있죠. 나는 홍콩의 분위기를 영화를 통해 배웠는데, 그 영화들은 대개 1990년대에 만들어졌으니 내가 한 시절 흠모했던 그 풍경은 지금은 사라졌을지도 모르겠습니다. 야시장과 야외 식당들, 낡은 아파트 발코니에 걸려 있는 빨래와 빨래 사이로 보이는 비행운, 좁고 복잡한 골목, 낙

서로 가득한 공중전화 박스, 가파르게 이어지는 계단들과 그 계단 끝에 있는 흐릿한 가스등…… 시징, 그리고 나는 내가 좋아하던 홍콩영화의 한 장면처럼 이 이야기를 내 머릿속 사원 — 그 벽에 난 구멍에 묻으려 합니다.

우정을 보내며, 서울에서 윤주

| 발문 |

타인의 방에서 만난 한 시절

최진영

만났으므로 헤어진다. 떠나기 위해 머무른다. 다다르려고 헤맨다.

반대도 가능하다.

헤어졌으므로 만난다. 머무르기 위해 떠난다. 헤매려고 다다른다.

이별이 고통스러운 이유는 사랑하기 때문이다. 사랑이 고통스러운 이유 또한 우리 모두 이별을 알고 있기 때문이다. 끝이란 무엇일까? 끝은 언제부터 다가와 어디에서 끝나는가. 그렇다면 시작은? 나는 아직도 내가 쓰는 글이 언제 시작되어 어떻게 끝나는지 모른다. 첫 글자를 쓰기 이전부터 글은 시작되고 마지막 마침표를 찍은 후에도 끝나지 않는다. 마음에 머무르기 때문이다. 물리적으로 글을 쓰는 시간보다 마음에 머무르는 시간이 훨씬 길고. 사랑 또한 마찬가지. 확고하게 이별해 떠나갔거나 떠나온 사람들이 내 마음에는 여전히 남아 있다. 그렇다면 이별이란 무엇일까.

완벽한 타인이었던 너와 내가 우연히 만나서 사랑한다. '나'와 '너'가 만나 '사랑'의 작용으로 '우리'가 되는 과정은 화합(化合)에 가깝다. 완전히 섞여서 다른 존재가 되어버렸는데, 거기서 다시 너와 나를 분리하려는 시도가 바로 이별이라면? 아무리 애를 써도 너를 사랑하기 이전의 나를 되찾을 수 없다. 나라는 존재에서 너의 영향을 선명하게 분리해낼 수는 없다. 너와 사랑하면서 나는 다른 존재가 되었고, 너와 이별하면서 다시 다른 존재가 된다. 완전한 이별이란 가능한가.

윤주는 떠돌고 싶지 않은 사람이었다. 어린 시절 경제적 어려움으로 친척의 집을 전전하면서 **자신의 가족을 이루어 함께 밥을 먹고 함께 잠을 자는 미래***를 꿈꾸게 되었다. 그러나 육년 넘게 만난 연인 선우는 윤주의 꿈을 모른다. 선우는 아픈 아버지와 가난한 집안 환경 때문에 **가난한 사람들의 유전적 단종**에 대해 할 말이 많은 사람. 선우와 오랫동안 연인으로 지내면서 윤주는 선우를 닮아갔을 것이다. 자신의 꿈을 지우고 선우의 울분에 익숙해졌을 것이다. 소설의 말미에 윤주는 선우의 행복한 모습을 몰래 지켜보면서, 자신과 함께일 때도 선우가 그렇게 행복해한 적이 있었는지 기억해내지 못한다. 그렇다면 선우는 어떨까. 선우의 기억에는 윤주의 행복한 모습이 있었을까? **은철은 시징에게 사랑의 시작과 끝을 모두 알게 해준 유일한 사람이었다.** 은철과 함께하면서 시징은 일상을 나누는 소소한 사랑을

* 이 글에서 진하게 강조한 부분은 모두 『완벽한 생애』 속 문장을 인용한 것이다. 인용면수는 생략한다.

배웠다. 그런 사랑을 경험한 시징은 이전의 시징으로 돌아갈 수 없다. 사랑을 잃은 후 시징의 인생은 **지루한 연극이 되어버렸다**.

서로를 확인하며 함께하던 사랑과 달리 이별은 혼자 하는 것. 이별의 공간에는 메아리조차 없고 이별의 시간에는 낮과 밤이 없다. 의지하거나 탓할 대상도 없이 암흑과 적막 속에 홀로 있는 나를 간신히 자각하게 마련인데 그런 나조차 나 같지 않다. 공포와 아픔을 분간하기 힘들다. **다른 곳으로 가기 위해 잠시 머물기로 한 곳, 그러나 아무리 기다려도 그 다른 곳이 어디인지 가르쳐주지 않았던 도시, 언제라도 문을 열고 나가면 그만이라고 생각했지만 입구도 출구도 없던 이상한 대기실**……과 같은 곳에서 홀로 견디는 것이 이별이라면, 이별의 끝에는 무엇이 있을까.

이별의 사전적 정의는 '서로 갈리어 떨어짐'이다. 우리는 한 몸이었던 적이 없으므로 갈라지는 것은 마음일 것이다. 마음이 '찢어질 듯' 아픈 것이 아니라 정말 찢어지는 것이다. 우리에서 너와 나를 찢어냈는데, 나에게 네가 묻어 있다. 헤어지자는 말은 다시는 만나지 말자는 뜻이다. 우연히 마주치더라도 모르는 사람처럼 스쳐 지나가자는 뜻이며 네가 죽었다는 사실조차 모르고 살겠다는 뜻이다. 나에게 묻어 있는 너를 나로 여기며 살아가겠다는 뜻이다. 완전한 이별은 그렇게 가능해진다. 너와 나로 가른 다음 너를 버릴 때가 아니라 우리였던 너와 나를 온전히 껴안을 때야 비로소.

그래서 우리는 '헤어지자'고 말하지 않는다. 많은 사람이 이별의 말로 선택하는 그것을 선우와 은철 또한 남긴다. **고맙다**는 말과 **고마웠다**는 문장. 윤주도 시징도 그것을 이별이라고 해석하지 못한다. 하지만 우리는 알고 있지 않나. 차마 '안녕'이라고 말할 수 없어 '고맙다'는 말로 이별을 고하는 당신의 여린 마음을. 헤어지자는 말을 제대로 들었더라도 우리는 같은 자리에서 헤맬 수밖에 없을 것이며, 시간이 흐른 후에는 마지막으로 남은 말이 '고맙다'여서 고마울지도 모른다. 두번의 이별을 거치고도 완벽하게 이별하지 못하던 윤주는 선우의 행복한 현재를 목격한 뒤에야 비로소 이별을 실감한다. 이후 윤주가 시징에게 보낸 편지에는 다음과 같은 구절이 있다.

내 좋은 친구는 말한 적이 있습니다. 우리는 모두 여행자라고, 이 행성에 잠시 머물다 가는 손님일 뿐이라고요. 친구의 그 말을 상기할수록, 그가 나와 헤어진 뒤에야 다른 사람과의 정착을 결심한 걸 납득할 수 있었습니다. 그는 그저 그의 생애에서는 필연적인 과정을 밟고 있는 것뿐이고, 그건 나 역시 마찬가지라는 것을요. 그것이 우리 각자의 여행이겠죠. 물론 필연적인 과정들을 통해 생애가 완벽해지는 건 아닐 것입니다. 완벽할 필요도 없을 테고요.

우리는 이 행성에서 각자의 여행을 하며 만남과 이별이라는 필연적인 과정을 거친다. 만났다가 멀어지기도 하고, 멀어졌다는 사실조차 모른 채 걷다가 뒤늦게 혼자라는 것을 깨닫기도 하고, 멀어졌지만 우연의 힘으로나마 다시 만나기를 바라기도 하고, 멀어지지 않도록 노력하면서 오래도록 나란히 걸어가기도 한다. 그 과정에 완벽함이란 없다.

이별에도 만남에도 오랜 시간이 필요한 사람들이 있다. **과거 속에서 현재를 사는 사람**들.

한때 나는 시간을, 인간이 어찌할 수 없는 영역이라고 믿었다. 시간이야말로 신의 몸이며 신의 언어라고. 이제는 조금 다르게 생각한다. 나에게 간절한 방식으로 시간을 적용할 수 있다고 생각한다. 사람들은 어차피 각자의 속도로 살아간다. 벗어날 수 없는 어느 시절이 무거워서, 하지만 내려놓을 수가 없어서 그때에 더 머물러야 한다면…… 아무리 덜어내도 비워지지 않는 마음과 아직 해결하지 못한 의문이 남아 나의 오늘을 가로막는다면…… 나는 과거 속에서 현재를 살아갈 수 있다. 시징처럼, 윤주처럼, 그리고 미정처럼.

석달 남짓 함께했던 은철과 이별하기 위해 시징에게는

육년이 필요했다. 첫번째 이별 이후에도 육년 동안 연인과 헤어지지 못했던 윤주는 그의 행복한 모습을 본 뒤에야 마침내 그를 **망각의 영역 어딘가**에 보관할 수 있음을 깨닫는다. 아버지의 과거와 자기모순에서 벗어나기 위해 미정 역시 오랜 시간이 필요했다. 그들은 과거를 그저 사라지는 시간으로 두지 않았다. 과거를 외면하는 방법으로 현재를 훼손하지도 않았다. 현재도 과거도 버리지 않고 자신의 생애를 충실하게 살아냈다. 나도 그런 사람이고 싶다. 과거를 돌보면서 현재를 지켜내는 사람. 함부로 끝내지 않고 떠밀리듯 시작하지 않는 사람. 그렇게 나의 생애를 온전히 살아가는 사람.

계절이 바뀔 때면 비가 내린다.

며칠 비가 내린 뒤에는 바람이, 구름이, 햇살이, 하늘의 높이가, 사람들의 옷차림이 달라진다. 나는 그 시기를 계절과 계절 사이의 공간이라고 생각한다. 우리 생애에도 그런 공간이 필요하다. 타인의 눈에는 한 시기를 훌쩍 뛰어넘는 것처럼 보이겠지만 그 시간 속의 당사자는 절대 그렇지 않을 것이다. 뛰어넘지 않았다. 공간과 여백을 차곡차곡 천천히 지나온 것이다.

시징에게 영등포는, 윤주와 미정에게 제주도는 그런 공간이었는지도 모른다. 시징과 윤주와 미정, 그리고 보경 언니를 이렇게 표현할 수도 있을까. 타인에게 자신의 공간을 기꺼이 내어주는 사람들, **타인의 방**에서 자기를 찾아가는 사람들이라고. 윤주가 제주도로 떠났기에 시징은 윤주의 방에 머물 수 있었다. 윤주가 제주도로 떠난 이유는 미정이 제주도에 있어서다. 미정이 제주도에 머무른 계기는 그곳에서 보경 언니를 만났기 때문이다. 시징이 윤주의 방에 머무르는 이유는 은철 때문이고, 은철은 석달 동안 시징의 방에 머무른 적이 있다. 소설 속 모든 사람이 보이지 않는 선으로 연결된 것만 같다. 필연적으로, 그렇지만 그림자처럼 은근한 방식으로 서로에게 영향을 미치는 사람들. **왜 제주로 이사를 갔느냐고 윤주가 얼결에 묻자 미정은 이사가 아니라 이주라고** 정정해준다. 이사는 '사는 곳을 다른 데로 옮김'이고 이주는 '다른 곳으로 옮겨 머무름'이다. 우리는 언제 다른 곳으로 향하는가. 우리가 그곳에서 구하는 것은 무엇일까.

소설의 시작에서 윤주는 생각한다. **비행기가 명암경계선을 넘으면서, 그러니까 시간이 흘러서가 아니라 공간이 이동하면서 이렇게 어두운 대기의 영역 안으로 입장하게 된 거라고.** 출발과 도착이 공존하는 곳, 서로 다른 표준시간을 사는 사람들이 뒤섞이는 공항을 거쳐 윤주는 육지에서 섬으로, 시징은 섬에서 육지로 이동한다. 윤주는 자신의 방을 떠나며 무엇으로부터 도망치고 싶었나. 거칠게 정리하자면, 생존을 위한 나의 노력을 비웃음거리로 만들고 모욕하는 사람들, 아무리 애써도 내게서 떨어지지 않는 가난, 가난 속에서 외로워 서로를 끌어안으면서도 우리의 미래를 비관하는 당신, 행복을 나누기보다 울분을 쏟아내려고 나를 찾는 당신, 그런 당신의 삶을 너무 깊이 이해하는 나로부터. 시징은 **열망이나 격정 없이도 사랑이 완성될 수 있다는 것**을 알려준 사람을 찾기 위해 윤주의 방에 머무른다. 미정은 신념을 지키기 위해 오랜 꿈을 포기했다. 그리고 타인의 집에 머물며 **신념을 작게 나누는 절차**를 밟는다. 상처를 주는 것도 받는 것도 두려워 차마 꺼낼 수 없었던 질문들. 아버지도 그곳에서 사람에게 총을 쏘았나요? 그 대가로 보상금을 받는 건가요? 그런 아버지의 자식인 제가 다른 사람의 죄를 판단할 수 있을까요?

이 생애가 너무하다 싶을 때, 밀어닥칠 때, 힘겨운 마디를 어떻게 견뎌야 하는지 도무지 알 수 없을 때, 이대로는 계속 살아갈 수가 없을 때 우리는 다른 곳으로 떠난다. 꼼꼼하게 계획을 세울 힘도 여유도 없다. 즐거운 여행이 아니니까. 도망이니까. 내게 너무 익숙한 이곳에서는…… 무기력과 모욕감, 피로와 죄책감으로 견고하게 직조된 일상에서는 꼼짝할 수 없기 때문이다. 이곳에서 나는 아무것도 바꿀 수가 없다. 내가 어찌할 수 있는 것은, 내가 빼낼 수 있는 사람은 나뿐이다. 오직 나만이 나를 구출할 수 있다. 구출은 때로 도망처럼 보인다.

도망친 곳은 낯선 곳. 무엇도 익숙하지 않다. 그곳에서는 어쩌면 손목시계의 다이얼을 조정해야 할 수도 있다. 내가 이미 살아낸 시간을 다시 살아야 할 수도 있고 생애의 몇시간을 분실할 수도 있다. 타인의 물건을 사용하면서 지도를 봐야 한다. 식재료를 사기 위해 길을 나서면 마트가 나타날 때까지 무작정 걸어야 한다. 길을 잃기도 하고 예상치 못한 풍경을 마주치기도 한다. 분명 낯선 곳인데 기시감에 빠질 수도 있다. 낯모르는 타인에게서 나를 도망치게 했던 과거의 그 사람을 발견할 수도 있다. 그럴 때 우리는 솔직해진다. 익숙한 일상에서는 기만이나 거짓으로 모른 척했던 진심을 낯선 공간, 낯선 사람들 사이에서는 마주할 수 있다.

윤주는 도망치듯 제주의 미정에게 간다. 미정은 보경 언니와 함께할수록 더욱 선명하게 느껴지는 **불행의 공동체**에서 벗어나기 위해 윤주가 필요했다. 윤주가 도망치고 싶었던 영등포는 시징에게 **희박한 가능성의 우연**을 믿을 수 있는 유일한 장소다. 윤주는 시징을 **단순한 게스트가 아니라 공간을 공유하면서 생애의 일부도 겹치게 된 친밀한 타인**이라고 생각한다. 윤주는 미정을 이해하지 못한다. 영등포의 자신을 떠올리게 하는 미정의 제주 생활에 화가 날 때도 있다. 그런 윤주에게 미정은 되묻는다. 난 여기가 편하고 사실 갈 데도 없다고. 그게, 내 잘못인 거냐고. 그건 바로 윤주가 듣고 싶었던 말이었다. 아무에게도 들을 수 없었던 **너의 잘못이 아니라는 그 말**을 윤주는 마침내, 다른 누구도 아닌 자기 자신으로부터 듣는다. 미정은 보경 언니를 보면서 생전의 엄마를 떠올린다. 보경은 미정을 보면서 성장한 딸을 떠올린다. 서로가 서로에게 구하던 것이 무엇인지 깨달은 순간 미정은 보경 언니를 안아준다. **괜찮다**고 연이어 말할 수 있게 된다. 그렇게 각자의 한 시기를 받아들이고 이해하기까지 윤주도, 미정도, 시징도 다른 공간이 필요했다. 집으로 돌아간 그들은 현실을 마주한다. 윤주는 자신의 노동을 비웃었던 사람들에게 사과를 요구하고 마침내 선우와 이별한다. 미정은 아버지를 만난다. 질문하고 대답을 듣고, 감정을 전하는 메시지를 보낸다. 시징은 **새로운 사랑**을 시작하고 **홍콩의 자립**을 위해 용기를 낸다.

다시 떠나기 위해서는 머물러야 한다. 슬픔과 고통과 이별에는 충분한 시간과 확실한 공간이 필요하다. 그것을 애도의 시공간이라고 부를 수도 있을까. 애도 없이 찾아오는 변화와 평화는 **과도하게 진압된 평온**과 다르지 않다. 애도가 없는 곳에서 상처는 덧날 것이다. 거칠게 묻어버린 과거는 생생하게 살아 돌아올 것이다. 악몽은 반복될 것이다. 질문과 대답은 어긋날 것이며 아무도 이별하지 못할 것이다. 그러므로 사랑할 수도 없을 것이다. **불행의 공동체**에서 **한 사람의 흐느낌 뒤편은 아주 광활한 암흑** 같다. 그들 사이에 있을 때 우리는 서서히 깨달을 수 있다. 우리의 불행은 우리의 잘못이 아니란 자명한 사실을.

시징은 영등포에 있는 윤주의 방을 빌리기 위해 다음과 같은 글을 쓴다.

언젠가 여행 책자에서 영등포라는 지명은 영등굿이 행해지던 포구에서 유래했다는 구절을 읽은 적이 있습니다.

덕분에 윤주는 **영등굿이 선원의 무사와 풍어를 비는 한국의 샤머니즘 퍼포먼스 중 하나라는 것**을 알게 된다. 인간은 예로부터 그런 존재다. 떠나는 자의 무사를 기원하고 이미 죽은 자의 혼을 위로하는 방법으로 우리를 돌보는 존재. 노래하고 춤추고 음식을 나누며 기도하는 존재. 신을 찾고 무언가를 기원하는 이유에는 두려움도 있을 것이다. 두려움은 소중한 감정이다. 나 아닌 대상을 걱정하는 마음. 그 대상이 잘못될까 불안해하는 마음. 그들을 위해 기도하는 마음. 인간이 아닌 존재에 대한 경외감.

제주에는 **신구간(新舊間)**이 있다고 한다. **지상의 신들이 하늘의 신에게 일년간의 업무를 보고한 뒤 새 업무를 부여받기 위해 자리를 비우는 일주일 정도의 시간을 일컫는데 신이 부재해서인지 유독 춥고 궂은 날이 많다**는 시기. 신조차 세상을 비울 때가 있다. 그들도 이것에서 저것으로 건너가려면 사이가 필요한 것이다. 신구간에 제주 사람들은 이사나 집 수리를 비롯한 집 안 손질을 한다. 사람이 터를 옮기거나 새롭게 할 때 신은 지상에 없다. 자기 자리를 내주고 타인의 집에 들어서고, 이제 더는 소용없는 것을 버리고 고장난 것을 고치고, 낯선 거리에서 만나고 이별할 때, 신은 사람 곁에 없다. 그건 오직 사람의 일이다. 사람끼리 해내는 일이다.

우리는 종종 사람을 섬에 비유하곤 한다. 섬은 고독하고 반가운 곳이다. 당신이 거기 있어 나는 고독하다. 당신이 거기 있기에 나는 혼자가 아니다. 당신이 거기 있으므로 나는 떠날 수 있고, 당신에게로 향할 수 있고, 당신의 반대 방향으로 나아갈 수도 있지만, 우리가 사는 세계는 둥글어서 당신의 반대 방향으로 가는 길 또한 당신에게 향하는 길인지도 모른다. 『완벽한 생애』는 섬처럼 떨어져 있는 사람들의 이야기다. 검은 밤 각자의 등대 빛이 서로에게 가닿는 찰나에 관한 이야기, 각자의 자리에서 서로의 완벽한 생애에 빛을 더하는 이야기, 그 빛의 고요한 위안을 전해주는 소설이다. 또는 이렇게 말할 수도 있을 것 같다. 『완벽한 생애』는 섬처럼 떨어져 있는 사람들이 각자의 자리에서 광활한 밤하늘의 별을 함께 바라보는 소설이라고. 우리는 떨어져 있지만 별은 우리 사이보다 훨씬 멀리 있기에 그곳의 당신과 이곳의 내가 바라보는 별은 크기도 밝기도 다르지 않다. 우리는 헤어졌지만 동시에 같은 것을 바라보기도 한다. 희망도 기억도 추억도 아닌 현재에 당신은 있다. 나는 다시 생각한다. 이별이란 대체 무엇인가.

그것은 이제 이곳을 떠나겠다는 각오.
돌아가지 않겠다는 다짐.
자립.
어제의 문을 닫고 내딛는 오늘.
나 없는 당신의 행복한 생애를 기원하는 마지막 기도.

한편으로 이별은, 이렇게도 멋진 일이다.

崔眞英 | 소설가

| 작가의 말 |

『완벽한 생애』를 처음 구상하고 집필한 건 2019년 봄부터 여름까지였다. 신념을 따르고 사랑에 진심일수록 상처받고 방황하는 사람들의 이야기를 쓰고 싶었다. 신념과 사랑이라는 단어들에 함유된 아름다움이 어째서 우리의 마음을 때때로 더 가난하게 하는지, 나는 늘 그것이 궁금했다.

2019년 여름, 계간 『자음과모음』에 「완벽한 생애」를 단편소설로 발표한 뒤 '윤주'의 주변인물로만 등장했던 소설 속 '미정'이 자주 생각나곤 했다. 오랫동안 소원했지만 어떤 이유에선지 마음에 빚이 있는 속 깊은 친구 같았고 현재의 그녀가 나름의 방식으로 씩씩하게 사는 모습을 꿈꾸듯 그려보곤 했다. 그래서였다, 「완벽한 생애」를 다시 쓰게 된 건……

이년에 걸쳐 소설을 수정하고 확장하는 동안 세계는 계속해서 변해갔다.

2019년 홍콩에서는 송환법 반대 시위가 대대적으로 일어났지만 이 운동은 끝내 결실을 맺지 못했고, 대신 중국 주도의 보안법과 선거제도 개정이 있었다. 자유와 자립을 바라던 홍콩인들에게는 절망적인 변화였다. 육년여 전부터 계획됐던 제주 제2공항 건설은 논쟁과 갈등만 남겼을 뿐, 현재는 다시 원점으로 돌아간 프로젝트가 되었다. 바이러스의 창궐도 변화 중 하나였다. 국가와 국가 사이의 이동은 사실상 불가능한 일이 되어버렸고, 그사이 여러번 시도됐던 내 홍콩행은 결국 실현되지 못했다.

나는 홍콩에 가본 적이 없다……

홍콩으로 짧은 여행도 가본 적 없는 내가 시징의 이야기라든지 홍콩의 정황을 써도 되는지 주저하고 있을 때 홍콩 민주화운동의 상징인 조슈아 웡의 『나는 좁은 길이 아니다』(함성준 옮김, 프시케의 숲 2020)와 여러 사람들의 목소리로 홍콩의 현재를 증언한 『보스토크매거진』 19호(2020), 전명윤의 『리멤버 홍콩』(사계절 2021)을 만나 자격에 대한 의심을 조금은 덜 수 있었다. 특히 전명윤 작가님은 만난 적도 없는 내게서 부탁의 이메일을 받고 홍콩의 정치 현실에 대해 아낌없이 조언을 해주셨는데, 이 자리를 빌려 진심으로 감사의 인사를 전하고 싶다. 제주의 활동가 이야기는 윤여일의 『광장이 되는 시간』(포도밭출판사 2019)과 제주 천막촌 활동가들이 개인 소셜네트워크서비스와 유튜브에 올린 영상들이 있어서 풍요로워질 수 있었다. 역시 깊이 감사드린다. 애정 어린 마음으로 이 소설을 읽어준 장혜령 시인과 정선임 소설가에게도 순도 높은 감사의 마음을 전한다.

두분의 편집자, 『완벽한 생애』의 연재를 도와준 이선엽님과 단행본 진행을 함께해준 이해인님에게도 마음을 다해 감사드린다. 벌써 세번째 내 문학의 동행자가 되어준 창비에도 감사의 인사를 드리고 싶다. 마지막으로, 발문을 써준 최진영 소설가에게 깊이 감사드린다. 그의 시적인 문장들을 읽어가는 동안 나는 『완벽한 생애』를 조금 더 신뢰할 수 있게 된 것 같다. 그가 나에게 용기를 주었다.

생애는 완벽할 수 없고 완벽할 필요도 없다.

소설을 마무리하는 동안 나는 그렇게 생각하곤 했다. 그리고 그 완벽하지 않음은 또다른 투신과 좌절과 희망으로 다시 완벽으로 나아간다, 다치면서, 부서지면서, 옳은지 옳지 않은지 판단하지 못한 채 흔들리면서…… 혁명은 끝나도 혁명의 방식은 남는다는 믿음이 있다. 타인과 자신을 돌보지 않는 신념은 텅 빈 집념이 되기 쉽다고 생각하며, 사랑은 추억을 남기지만 그 추억은 더 큰 외로움을 불러오기도 한다는 것을 안다. 이 모든 불완전성을 살아가는 윤주와 시징과 미정, 그리고 비슷한 결의 생애 속에 내던져진 소설 바깥의 독자들과 『완벽한 생애』를 나눈다면 좋겠다. 언제 시작되었는지 알 수 없고 어디로 가는지도 확신하지 못하는 이 생애의 한가운데서 우리가 서로에게 '살아 있음'의 증인이 되어주기를 희망한다.

2021년 9월

조해진

완벽한 생애

초판 1쇄 발행/2021년 9월 15일
초판 3쇄 발행/2021년 11월 17일

지은이/조해진
펴낸이/강일우
책임편집/이해인
조판/박아경
펴낸곳/(주)창비
등록/1986년 8월 5일 제85호
주소/10881 경기도 파주시 회동길 184
전화/031-955-3333
팩시밀리/영업 031-955-3399 편집 031-955-3400
홈페이지/www.changbi.com
전자우편/lit@changbi.com

ISBN 978-89-364-3848-7 03810

* 책값은 뒤표지에 표시되어 있습니다.